CHENEYLAND

Jack Felson

CHENEYLAND

Two Colors

*« Chaque particule a son anti-particule.
Son côté négatif dans le miroir. »*

John Carpenter,
Prince des Ténèbres (1987)

Le seul moyen de lutter
contre le terrorisme, c'est d'essayer
de ne pas le provoquer.

J. F.

<u>NOTE DE L'AUTEUR</u>

Les chapitres contenus dans ce livre
ne sont pas numérotés.
Celui débutant en page 177 pourrait
heurter la sensibilité du lecteur.

PREMIÈRE PARTIE

Il était une fois un truc de fou.

Le parking dans lequel ils venaient de prendre place leur paraissait d'autant plus énorme, qu'il n'était que très partiellement occupé. Tout autour s'étendait un horizon étonnamment grisâtre, qu'un ciel totalement dégagé, qui avait adopté toutes les nuances bleutées possibles, semblait vouloir écraser de tout son poids, faire disparaître par la force, sans jamais sembler pouvoir y parvenir. Cet horizon virait au noir par endroits, au niveau de ce qui semblait correspondre à des colonnes de fumée plus ou moins épaisses.

Cette atmosphère fut celle qui accueillit le jeune Tom Motmotty quand il descendit de voiture. Il regarda autour de lui et ne vit rien d'autre que cet horizon dont le gris ne tarda pas à l'obséder.

Il devina que son père avait choisi de se garer en plein milieu du parking pour qu'ils puissent profiter du spectacle le mieux possible, pour qu'ils soient aux premières loges. Tom et sa sœur aînée Roxanne (Roxy) ne réagirent pas exactement de la même manière; autant Tom semblait happé par ce panorama totalement inédit pour lui, autant Roxanne semblait plus blasée. Et pour cause, pas moins de onze années les séparaient; onze balais bien tassés à l'avantage de Roxanne, vingt-trois ans, contre douze seulement pour son marmot de frère.

— Papa, où est-ce qu'on est?

— J'en sais trop rien, mon petit Tommy, dit son père qui le savait parfaitement bien.

Il était encore au volant alors qu'il répondait à son fils; il remonta automatiquement toutes les vitres, puis il arrêta le moteur et retira ses clés du contact avant de s'extirper de son véhicule. Sans un premier regard autour de lui. Ce qui renseigna Tom d'emblée. Mais il préféra ne pas insister.

Roxanne ne dit rien non plus.

— Roxy, on est où?

Elle regarda Tom sans pour autant ouvrir la bouche.

Leur père, prénommé Louis, proviseur de lycée, ouvrit le coffre sans dire un mot, l'air très sérieux. Beaucoup plus qu'il ne l'était pendant la majeure partie du trajet. Roxanne et lui en sortirent leurs effets personnels, et elle tendit à Tom ce qui ressemblait à un vulgaire cartable d'écolier.

— Tiens, lui dit-elle. Maintenant, contente-toi de regarder, sans poser de questions. Et ne t'inquiète pas.

— Tu es déjà venue ici?

Elle sourit.

— Non, répondit-elle. Je ne te mens pas. C'est vrai, je t'assure.

— Mais tu sais où on est.

— Oui. Mais je ne te le dirai pas. Pas maintenant. (Elle jeta un œil vers son père.) Il ne te dira rien non plus tout de suite, donc ne te fatigue pas à demander. (Elle ferma le coffre.) Allez, viens.

Ils commencèrent à marcher, sans direction précise, aucune porte d'entrée n'étant clairement visible. Autour d'eux, d'autres groupes de personnes, tous composés d'adultes, se dirigeaient dans des directions différentes, comme si ce mystérieux endroit offrait plusieurs portes d'entrée ouvertes – ce qui était le cas. Au bout d'un moment, et malgré sa petite taille, Tom put apercevoir ce qui ressemblait à un mur d'enceinte. Et il fut bientôt progressivement envahi, lui plus que les autres, par une obscurité bancale, tirant sans arrêt entre un gris noirâtre et un noir grisâtre, celle d'un mauvais crépuscule ou d'un lever de soleil raté. Qui n'avait bien entendu rien de comparable avec celle, artificielle, de ce long tunnel qu'ils avaient franchi avant de déboucher dans ce gigantesque parking.

Ils atteignirent l'une des nombreuses portes d'entrée et Tom découvrit alors l'enseigne et sut ce qu'ils allaient visiter:

CHENEYLAND

Sans pour autant mettre le doigt sur la signification de ce mot, ce que ça impliquait et ce qu'il découvrirait une fois à l'intérieur. Mais il pouvait deviner qu'il s'agissait d'un parc à thème. Il y avait un monde conséquent devant et tout autour de cette porte, cela ne pouvait donc être que ça.

L'enseigne n'avait rien d'accueillant. Aucune figurine souriante, aucun portrait béat, aucune voix joyeuse pour sortir d'un quelconque haut-parleur et souhaiter la bienvenue à tous, rien pour faire passer un semblant de bonne humeur. La grande porte, coulissante et munie de barreaux métalliques, faisait penser à une porte de prison. Les hôtesses d'accueil et les gardes de sécurité des deux côtés de la porte semblaient tous en deuil. Quand leur tour arriva, Louis sortit une grosse enveloppe de son sac, puis il tira de l'enveloppe les trois billets d'entrée qu'il tendit à l'une des hôtesses. Elle les lui arracha presque des mains, le plus sèchement qu'elle put, avec un regard de dogue à son encontre. Comme s'il venait de la traiter de pouffiasse.

Elle compulsa rapidement les billets, et ce ne fut qu'à ce moment qu'elle remarqua Tom.

— Il est avec vous? fit-elle.

— C'est mon fils, dit Louis.

Elle s'adressa alors à Roxanne:

— Vous avez une pièce d'identité?

— Pourquoi? demanda Roxanne.

— Vous connaissez la règle sur ce point.

Roxanne la connaissait, mais l'incivilité et l'impolitesse de la bonne femme l'avaient hérissée. Ce fut à contre-cœur qu'elle extirpa son passeport et le lui tendit, en se retenant de le lui balancer à la figure ou de la lui claquer avec.

L'hôtesse regarda le passeport avec un certain étonnement, comme si elle n'en avait jamais vu auparavant, puis elle contempla Roxanne comme si elle venait de sortir d'une soucoupe volante.

Elle vérifia la date de naissance, sembla faire un effort de calcul mental, puis elle hocha la tête et rendit le document.

– Vous savez que ces billets ne sont que des billets d'entrée, pas d'admission?

– Oui, répondit Louis. Je suis au courant pour les tests.

Il regarda Roxanne, la consultant du regard. Elle fit oui de la tête.

– Très bien. Vous savez donc aussi que si un seul d'entre vous échoue à ces tests, l'autre ne pourra pas être admis avec cet enfant.

Le parc était interdit aux mineurs non accompagnés d'au moins deux adultes. Les Motmotty s'étaient donc contentés du strict minimum, et avaient par conséquent pris un certain risque qu'ils avaient accepté de courir. La famille était en effet bien plus étendue qu'elle ne l'était aux abords de ce parc:

Louis était marié et avait cinq enfants dont trois avaient atteint l'âge adulte.

Tous les adultes de la famille connaissaient l'existence de ce parc mais seul Louis avait manifesté son désir de le visiter. Tous les autres s'en fichaient, son épouse incluse. Il avait par contre, en secret, pris la décision d'y emmener Tom, le petit dernier de la famille, mais qui, de ses cinq rejetons, semblait le plus curieux, le plus ouvert d'esprit. Ce qui semblait normal: c'était le petit dernier.

Sans pour autant lui donner de précisions sur la destination.

Connaissant la règle, il avait consulté ses trois grands enfants, l'un après l'autre; et Roxanne avait finalement dit oui. Sans y mettre un enthousiasme particulier. Surtout qu'elle savait ce que cela impliquait, son père l'ayant mise au courant de cette combine de tests. Cela signifiait que si seulement elle ou son père échouait, ils auraient effectué tout ce trajet pour rien, et perdu quasiment toute une journée.

Car il n'était bien entendu pas question qu'elle ou son père en soit réduit(e) à visiter l'endroit seul. Tous n'auraient d'autre choix que de faire demi-tour.

– Nous le savons.

– Parfait, dit l'hôtesse d'une voix égale. (Elle lui tendit les billets d'entrée.) Vous pouvez entrer, tous les trois. Quelqu'un vous guidera vers le centre d'évaluation. C'est le grand bâtiment, plus loin sur votre droite.

Sans même attendre qu'on la remercie, elle les oublia et dirigea ses yeux vers les clients qui suivaient.

Le centre d'évaluation était constitué non pas d'un seul mais de plusieurs bâtiments bas et allongés, huit au total, répartis au-delà des portes, à cheval entre deux d'entre elles. Tous avaient exactement la même hauteur, la même longueur, et la même couleur noire. Assez noire pour arriver à trancher avec la grisaille ambiante. On aurait dit des versions à la fois naines et escamotées des regrettées tours jumelles du World Trade Center, qu'on aurait démolies puis reconstruites, et repeintes en noir au passage. Il y avait des fenêtres, mais il était impossible d'y voir quoi que ce soit au travers, pas même l'ombre du plus puissant des néons. Au-delà de ces grands bâtiments d'aspect fantomatique, s'étendait une espèce de zone administrative, du genre de celle qu'on trouve autour des grands aéroports. Soit d'autres constructions du même genre, basses et allongées, mais plus petites, plus claires et donc plus accueillantes, auxquelles cependant seuls certains membres qualifiés du personnel avaient accès.

Après avoir passé la grande porte, les Motmotty furent tout de suite interceptés par un genre de maton en uniforme de l'armée, qui les conduisit directement vers l'entrée du centre. Il marchait devant, rapidement, sans faire le moindre effort de communication, sans jamais chercher à se montrer agréable. Son seul boulot semblait consister à s'assurer que les clients se retrouvent le plus vite possible à l'intérieur, sans leur donner le temps de réfléchir, de changer d'avis et de rebrousser chemin. Car si c'était le cas, il n'aurait pas les moyens de les en empêcher, vu que les billets d'entrée étaient totalement gratuits. Seuls ceux qui passaient les tests avec succès devaient par la suite s'acquitter du forfait d'admission. Un forfait deux fois supérieur à celui pratiqué à Disneyland.

Tout cela n'avait pas de réelle importance, vu que ce parc n'était pas à but lucratif – difficile d'espérer attirer la grande foule avec un parc à thème destiné aux adultes, et, par définition, fortement déconseillé aux plus jeunes. D'où le manque quasi-total de publicité, et donc une certaine défiance du grand public – du moins pour l'instant. Néanmoins, et même dans ce cas, plus il y avait d'argent dans les caisses, mieux cela valait pour tout le monde, surtout pour les employés, notamment ceux affectés à l'accueil et la sécurité, qui seraient mieux payés et deviendraient donc d'humeur moins massacrante.

Pendant leur progression vers le centre, Roxanne repensa à la façon dont cette hôtesse d'accueil l'avait regardée, après avoir ouvert son passeport. Il était fort probable que cette femme n'en possédait pas, qu'elle n'en avait même jamais vu avant, et qu'elle croyait donc que personne n'en avait ni ne lui en montrerait. Cela ne l'étonna pas tellement. La plupart des Américains, notamment ceux du Middle West, croyaient que le monde entier se limitait à leur pays et ne voyageaient pas. Jusqu'en 2004, il était même encore possible, pour eux, de passer la frontière mexicaine sans produire de passeport.

Les Motmotty passèrent le seuil du centre d'évaluation, et le maton les abandonna, son contrat rempli. Il fut remplacé par une gamine en blouse blanche, l'air navré.

– Veuillez me suivre, s'il vous plaît, fit-elle sans sourire.

Sans se douter de quoi que ce soit, ils la suivirent à travers le centre, dans lequel plusieurs clients passaient déjà leurs tests, jusqu'à un grand ascenseur ouvert. Là, elle s'arrêta et se retourna vers eux. Et donna à Louis un ticket avec un numéro inscrit dessus.

Puis elle fit de même avec Tom, lui donnant le même ticket. Louis comprit tout de suite et ne dit rien. Tom n'en dit pas plus, conformément à ce que Roxanne lui avait conseillé.

– Ne perds surtout pas ce bout de papier, lui recommanda son père.

– J'y veillerai, ne vous en faites pas, dit la fille. Je vous attendrai ici, avec lui, près de cet ascenseur.

– Très bien, dit Louis avec un hochement de tête.

Puis il entra dans l'ascenseur en compagnie de Roxanne, et une autre fille, en uniforme rouge, et qui se trouvait déjà à l'intérieur, appuya sur un bouton et les portes se refermèrent tout de suite. L'ascenseur s'ébranla et ils descendirent plusieurs niveaux, jusqu'à ce que les portes s'ouvrent de nouveau.

– C'est là, dit la gosse.

– C'est là quoi? fit Roxanne.

– L'évaluation. Les tests que vous allez subir dans une vingtaine de minutes, reposent sur ce que vous allez voir.

– Et nous allons voir quoi?

– Vous verrez par vous-mêmes. (Elle les invita à sortir.) Après vous. Bonne chance.

Ils sortirent et elle ajouta:

– Ne vous éloignez pas de l'ascenseur.

Les portes se fermèrent sur elle.

Louis et Roxanne ne s'attendaient qu'à passer des tests et à le faire à ce niveau, ils s'attendaient aussi à remplir de simples questionnaires destinés à donner un aperçu de leur quotient intellectuel ou de leur personnalité, un peu comme ils le feraient s'ils voulaient devenir membres de l'Église de Scientologie, ou d'une quelconque école spécialisée.

A tous les niveaux, ils n'étaient pas au bout de leurs surprises.

Ils sortirent de l'ascenseur et se retrouvèrent dans une immense pièce située en hauteur. Une pièce aux allures de bureau multifonctions, semblable à celle qu'ils avaient vue au rez-de-chaussée. Mais celle-ci semblait située vraiment très en hauteur, à l'intérieur d'un gratte-ciel, alors qu'ils étaient censés se trouver en sous-sol.

Ce fut Roxanne qui s'aperçut en premier de l'anomalie. Elle fit volte-face, dans l'intention de réintégrer l'ascenseur... et à sa grande stupéfaction, ne vit rien du tout.

L'ascenseur avait disparu.

– Papa... fit-elle d'une voix assourdie.

Louis se retourna à son tour. Il tendit un bras et ne rencontra que le vide. L'ascenseur s'était comme dématérialisé.

– Qu'est-ce que ça veut dire? fit-il ahuri.

– Papa, où sommes-nous?

La même question que son petit frère lui avait posée, à leur arrivée dans le parking. Elle se crut revenue dix-douze ans en arrière.

Louis, évidemment, n'eut pas de réponse adéquate à donner. Non seulement ils étaient dans l'inconnu le plus total, mais on les y avait expédiés, sans aucun préavis.

– Tâchons d'en avoir une petite idée, dit-il.

Ils regardèrent autour d'eux. L'endroit grouillait de monde et bourdonnait presque pire qu'une ruche. Tous ces gens, qui semblaient avoir le même âge et qui, pour la plupart, portaient les mêmes chemises blanches immaculées et les mêmes cravates, semblaient animés d'une même énergie brute, dirigée dans un même et unique but: faire de l'argent, et en faire le plus possible. L'espace d'un instant, Louis se crut au cœur même de Wall Street. Une impression fugitive, aussitôt démentie par les logos qui ornaient les murs.

Ils se trouvaient dans ce qui semblait être le siège d'une compagnie aérienne américaine, sans aucun doute l'une des plus grandes.

Les gens présents allaient et venaient rapidement à travers la pièce, quand ils n'étaient pas à négocier fiévreusement au téléphone, ou ne martyrisaient pas leurs claviers d'ordinateurs. Pas un seul ne sembla les remarquer ou leur prêter une quelconque attention – surtout ceux qui leur passèrent presque à travers. A plusieurs reprises, Louis et sa fille durent bondir de côté pour éviter d'être téléscopés par certains d'entre eux, qui leur rentrèrent carrément dedans, sans chercher un seul instant à se décaler pour les éviter, et alors qu'ils avaient le regard fixé droit devant eux. On aurait dit des automates.

De nouveau, Louis regarda autour de lui. Ils semblaient se trouver en plein centre de la grande salle, comme deux poteaux totalement immobiles en plein milieu d'une foire d'activité. Incapables de s'orienter, de seulement chercher une issue, trop étonnés, trop éberlués, trop dépassés pour réagir normalement – ce qui était assez normal dans les circonstances présentes.

Roxanne sentait qu'il allait se passer quelque chose – elle savait d'instinct que les tests qu'ils allaient passer ne reposeraient pas uniquement sur cet endroit somme toute banal, un simple lieu de travail. Et ils n'étaient pas censés tenter quoi que ce soit.

– On est censés faire quoi, là? demanda-t-elle néanmoins.

– Rien, je suppose, répondit son père. Ils nous l'auraient dit, sinon.

Tous deux se doutaient vaguement que cette pièce n'avait rien ou pas grand-chose à voir avec la réalité. La disparition de cet ascenseur ajoutait à cette conviction. Donc ils attendirent – et ils n'eurent pas à le faire longtemps.

Pendant qu'il lui répondait, le bruit avait augmenté en intensité – légèrement. En fait de bruit, il s'agissait d'un grondement sourd, qui ne cessait d'enfler, se faisant toujours plus proche, plus menaçant. Et qui ne trouvait pas sa source dans la pièce.

Le grondement devint vite assourdissant

et soudain, en une fraction de seconde, ce fut le noir presque total. Toute activité cessa, toutes les têtes – ou presque toutes – se tournèrent vers les fenêtres.

Qui se désintégrèrent, entraînant tout et tout le monde à leur suite.

Quelque chose d'énorme venait de s'inviter dans le bâtiment, qui explosa derechef, dans une fulgurance inouïe de feu, de destruction et de mort. La salle fut balayée vite fait, et après le passage de cette chose, de ce bolide qui avait lui-même disparu, dont il ne restait en tout cas plus grand-chose, sinon un énorme tas de tôle transformé en une tout aussi énorme boule de feu qui continuait de distribuer ses rations de mort subite, le plafond et le sol avaient disparu et il ne resta quasiment plus rien. L'armature métallique ne résista pas longtemps à l'extrême chaleur et se mit rapidement à fondre dangereusement.

Les pieds de Louis et de Roxanne ne reposaient déjà plus sur rien qu'ils puissent appréhender; au-dessus d'eux, le plafond n'en était plus un, d'autres étages leur dégringolèrent dessus mais ils étaient toujours là, dans à peu près la même posture. Tout s'était passé à une vitesse folle, Roxanne n'avait même pas eu le temps de hurler – même si elle en avait eu le temps, elle n'aurait pas entendu le son de sa voix, le grondement étant beaucoup trop fort – avant de voir cette chose colossale (vraisemblablement un avion) désintégrer les vitres puis foncer dans sa direction avant d'exploser juste devant elle, et de lui passer totalement au travers, sans même l'effleurer. Ensuite ce fut, tout autour d'eux, une effervescence générale de flammes aveuglantes, pendant dix secondes, le tout accompagné de hurlements d'autant plus déchirants qu'ils étaient assourdis; puis le vide fut à peu près total, et ils ne virent plus rien, tout l'espace ne fut plus qu'un écran de flammes mêlées de fumée noire dont ils ne ressentirent pas les effets.

Le bruit restait tonitruant, ce qui restait de l'avion continuant d'exploser par endroits, et ce fut à peine s'ils purent distinguer les hurlements d'horreur pure ou d'extrême douleur, ceux que l'on pousse quand on prend soudain conscience qu'on n'est plus qu'un tas de chair désarticulé et qu'on va mourir, sans que l'on puisse comprendre pourquoi, et alors que rien ne semblait prédestiner pareil sort. Bientôt leur espace visuel s'éclaircit et ils purent distinguer des corps humains, certains transformés en torches, tomber depuis l'intérieur même du bâtiment, passant d'un étage disparu vers un autre.

Ils ne bougèrent toujours pas, ne firent pas le moindre mouvement pour sortir de cet enfer – qui n'en était pas vraiment un mais qui paraissait si réel que c'en était statufiant. Au-dessous d'eux, le sol avait disparu, ils reposaient désormais sur quelque chose d'indéfinissable et ils craignaient quelque part de mettre un pied trop loin, de perdre l'équilibre et de tomber à leur tour.

Deux minutes supplémentaires passèrent sans qu'ils les virent s'égréner; leur espace visuel ne cessa de s'améliorer et ils finirent par distinguer la lumière du dehors, à travers la façade déchiquetée. Les rayons d'un soleil rayonnant leur fouettèrent les pupilles.

Bientôt d'autres bruits leur parvinrent aux oreilles, et qui semblaient provenir d'hélicoptères.

– S'il vous plaît? fit une voix derrière eux.

Ils se retournèrent brusquement et se retrouvèrent, stupéfaits, face à l'ascenseur ouvert, juste devant.

La fille en rouge les invita à entrer.

Complètement assommés, ils n'eurent pas

à clopiner avant de réintégrer l'appareil dont les portes se fermèrent.

Ils retrouvèrent Tom au rez-de-chaussée, et la fille dut rappeler à Louis de lui rendre le ticket.

– Pardon? fit-il.

– Le ticket, papa, lui dit Tom.

Louis hocha la tête avec un petit "oh!" très lointain, comme s'il était en train d'essayer de se réveiller après une nuit trop courte. Il secoua de nouveau la tête, fortement, et ses yeux se portèrent d'abord sur son fils, puis sur la fille.

Il finit par sortir le ticket d'une de ses poches et le lui rendit.

– Suivez-moi, leur dit-elle. Je vais vous trouver vos places pour le questionnaire. Vous serez tous les deux placés à distance l'un de l'autre.

Ils la suivirent, passant entre plusieurs rangées de tables toutes occupées, jusqu'à ce qu'ils en trouvent une, vacante. Totalement vierge, exceptés plusieurs feuilles de papier posées dessus, prêtes à l'emploi, ainsi qu'un crayon muni d'une gomme.

– Je la prends, dit Louis avec un certain empressement.

Il faisait un peu penser à un zombie. Son visage était quelque peu figé, sans expression. Il n'avait manifestement pas encore émergé du cauchemar dans lequel on l'avait fait entrer pour mieux l'en sortir ensuite. Un cauchemar auquel il ne s'était pas du tout attendu, qui n'était pas programmé; pas évident donc de pouvoir en faire table rase, totalement et rapidement. Ce que les dirigeants du parc savaient d'autant mieux.

Il prit rapidement place, et respira un grand coup, tête baissée vers le sol, sans sembler se soucier du fait qu'il allait devoir se mettre au travail.

– Papa... ça va? demanda Roxanne.

Elle n'était pas toute fraîche non plus, et avait posé sa question d'une voix d'automate, dénuée de conviction, presque éteinte.

Son père la regarda d'un air absent et se contenta de hocher la tête.

La fille lui donna les instructions de base, concernant les en-têtes et ce qu'il fallait y indiquer, notamment le nom de famille et le prénom. Louis marmonna un « d'accord, très bien, ça va », avec, de la main, un geste visant presque à la congédier.

– Vous avez jusqu'à onze heures quinze. Quand vous aurez fini, allez vous poster au-delà des tables, où vous voulez. Quelqu'un viendra vous chercher. (Louis opina mollement.) A vous, dit la fille à l'adresse de Roxanne. Suivez-moi.

Roxanne jeta un dernier regard à son père, qui la rassura de la tête:

– Ça va aller, dit-il. Allez-y, tous les deux.

Roxanne et Tom le laissèrent.

Louis regarda autour de lui, tête levée, à la recherche d'un cadran placé en hauteur, et s'enquit de l'heure.

Neuf heures cinquante.

Il avait jusqu'à onze heures quinze pour en terminer avec ce questionnaire, il avait donc le temps. Suffisamment, en tout cas, pour se remettre de cette courte mais tonitruante séance de cinoche.

Avec le recul, il avait pu comprendre qu'il avait eu droit à la simple projection d'un tout aussi simple film en relief. Simple mais pas n'importe lequel, de par son sujet et sa portée. Le film avait vraisemblablement été conçu en quatre dimensions, l'immersion avait donc été totale. Il se prit à regretter de ne pas avoir fait plus attention, de ne pas avoir cherché à repérer l'objectif d'un projecteur planqué en hauteur, quelque part dans cette fausse pièce – un projecteur capable d'envoyer des images à 360 degrés. Si Tom avait été là, il y aurait peut-être pensé.

Il se demanda combien d'autres surprises l'attendaient, si d'aventure lui et sa fille passaient les tests avec succès. Pour une première, celle-ci était gratinée.

En soi, le parc était déjà surprenant, si on prenait uniquement en compte la façon dont cette entreprise fonctionnait. Ses portes n'étaient ouvertes au public qu'entre sept heures trente et dix heures du matin. Ceux qui avaient assez d'envie et de coffre, assez en tout cas pour arriver devant les portes dès l'ouverture, n'avaient pas à patienter avant la petite séance spéciale, et de passer les tests dans la foulée. Plus tôt l'on arrivait devant une des portes, plus l'on disposait de temps pour digérer le film avant de s'attaquer au questionnaire.

A onze heures, Roxanne en avait terminé avec les tests. On l'avait déjà emmenée dans une pièce adjacente, une grande salle qui faisait office de centre commercial miniature, et qui proposait principalement des rafraîchissements en tous genres.

Elle était attablée avec Tom dans la partie

centrale de la salle, parmi d'autres tables, occupées ou non, massées entre un Starbucks et une supérette, quand Louis vint les rejoindre après avoir repéré Roxanne qui lui faisait signe de la main.

– Alors, comment ça s'est passé? demanda sa fille après qu'il se fût assis.

– Plutôt pas mal, dit Louis.

– Tu en as mis du temps, dit Tom.

– J'ai un peu perdu l'habitude, répliqua Louis innocemment. Je ne suis plus un collégien. Et j'ai toujours eu horreur de travailler en temps limité, comme on le fait en classe.

– C'est vrai, dit Roxanne.

– Là, on a eu pas mal de temps, ça allait encore.

– Je t'ai acheté ça, dit Roxanne.

Louis ouvrit le petit sac cartonné que sa fille lui tendait et en sortit le menu le plus classique dans les cafés américains – un verre en plastique rempli de café au lait, un muffin et un *donut*[1].

– J'aurais préféré quelque chose de plus frais, dit-il.

– Tu peux compléter, dit Roxanne. Si tu

1. Beignet.

veux un sandwich, il y a une supérette juste
là. Je ne savais pas lequel t'acheter.

— Il s'est passé quoi, dans l'ascenseur?
demanda soudain Tom, qui se battait avec
un sandwich trop grand pour lui.

— Dans l'ascenseur? fit Louis. Mais rien
du tout, voyons!

— On vous a emmenés où?

Louis regarda Roxanne.

— Tu lui as dit quoi? l'interrogea-t-il.

— Qu'on nous a emmenés au cinoche, dit
Roxanne avec un sourire.

— Pourquoi on vous a emmenés voir un
film sans moi? fit Tom.

— Peut-être parce que ce n'était pas un
film pour toi, répondit Louis.

— C'était quoi?

— C'était pas pour toi.

— Le questionnaire, ce n'était pas pour toi
non plus, compléta Roxanne.

— Il a vu les questions?

— Ils ne l'ont pas laissé faire. Ils l'ont emmené ailleurs avant de lui donner le temps
de piquer une feuille.

— Ils l'ont emmené où?

— Ici. La petite est restée avec lui, le
temps que l'un d'entre nous finisse les tests.

– Et vous avez discuté de quoi, pendant tout ce temps? demanda Louis à son fils.

– De rien, dit le gosse. Elle était pas causante.

– Elle ne t'a pas parlé?

– Elle n'a pas une seule fois ouvert la bouche. Quand j'ai dit que j'avais besoin d'aller au petit coin, elle s'est juste levée, en me faisant signe de la suivre. Je suis allé au petit coin, j'en suis sorti, on est revenus s'asseoir, et voilà.

– Sympa, la gamine. (A son père.) Tu crois qu'ils vont nous rendre nos feuilles?

– Pourquoi ils feraient ca?

– Je ne sais pas...

– Je l'ai dit, on n'est plus au collège. Ils vont plutôt directement afficher les noms des gens admis sur un panneau ou un autre truc du même style.

Il avait retrouvé quasiment tout son entrain, celui qui l'avait animé pendant le trajet. Les Motmotty étaient une famille de républicains et de sionistes acharnés, depuis des générations. Roxanne et un de ses frères étant plus du côté des gauchistes démocrates, Louis et ses fils ne rataient jamais une occasion de les mettre en boîte, et vice-versa, Roxanne n'hésitant pas à amener quelques-uns de ses potes démocrates à la maison, de préférence avant l'heure du dîner, histoire d'enflammer le débat. Pendant le trajet, Louis s'était amusé à remettre sur le tapis une vanne qu'il lui avait sortie un soir, à elle et ses amis:

— Comment distingue-t-on clairement un démocrate d'un républicain dans un groupe de soldats en partance pour un quelconque merdier en guerre? Il suffit de leur faire survoler le merdier en question, et de les équiper de parachutes. On les distingue au moment où ils doivent sauter. Le démocrate, c'est celui qui va gueuler « Je veux pas y aller! Je veux pas y aller! Je veux pas y aller! » en chialant comme un moufflet dans son berceau. Le républicain, c'est celui qui va gueuler « Tais-toi et saute! » en le poussant par-derrière.

Roxanne avait eu beau répondre (pendant ce trajet en voiture) que la plupart de ces soldats étaient trop jeunes, donc trop nunuches pour avoir des opinions et positions politiques tranchées, et qu'ils partaient en guerre avec en tête l'idée de mieux pouvoir se prendre pour Rambo ou Chuck Norris et de tirer sur tout ce qui bouge, comme dans les jeux vidéo; cela n'avait rien changé à l'hilarité du bonhomme.

Il ne démordait pas de sa bonne humeur alors que midi approchait – c'était à cette heure-là que les résultats tombaient, dans chacun de ces huit bâtiments noirs et rectangulaires qui, vus d'en haut, formaient un octogone aux angles vides. En bon républicain, Louis savait qu'il passerait ces tests haut la main; quant à Roxanne, elle était faite d'un autre bois, mais il savait qu'elle était assez maligne pour se tenir et ne pas trop s'écarter de la norme exigée. Tous les yeux étaient fixés sur les cadrans dont les aiguilles allaient se rejoindre, ou qui le montraient par les chiffres. Et quand midi tomba pile, des panneaux indicateurs métalliques, de forme rectangulaire, firent leur apparition, émergeant de tous les coins du plafond; et comme Louis l'avait prédit, des noms suivis de prénoms apparurent, se suivant à la file, en même temps qu'une voix féminine invitait les personnes à qui appartenaient ces noms et prénoms, et qui avaient passé les tests avec succès, de se diriger vers une grande double-porte dont on venait d'enlever une épaisse chaîne qui la maintenait toujours fermée. A ce niveau, leurs pièces d'identité seraient vérifiées, leurs noms comparés à ceux inscrits sur des fiches, leurs paiements effectués uniquement par carte de crédit (les espèces n'étaient pas acceptées) et leurs admissions définitivement acquises.

Les noms défilaient par ordre alphabétique sur les panneaux; Louis et Roxanne durent attendre leur tour. Ils ne furent pas déçus. Leur nom et prénoms finirent par apparaître, ceux de Louis en premier. Ils avaient réussi.

DEUXIÈME PARTIE

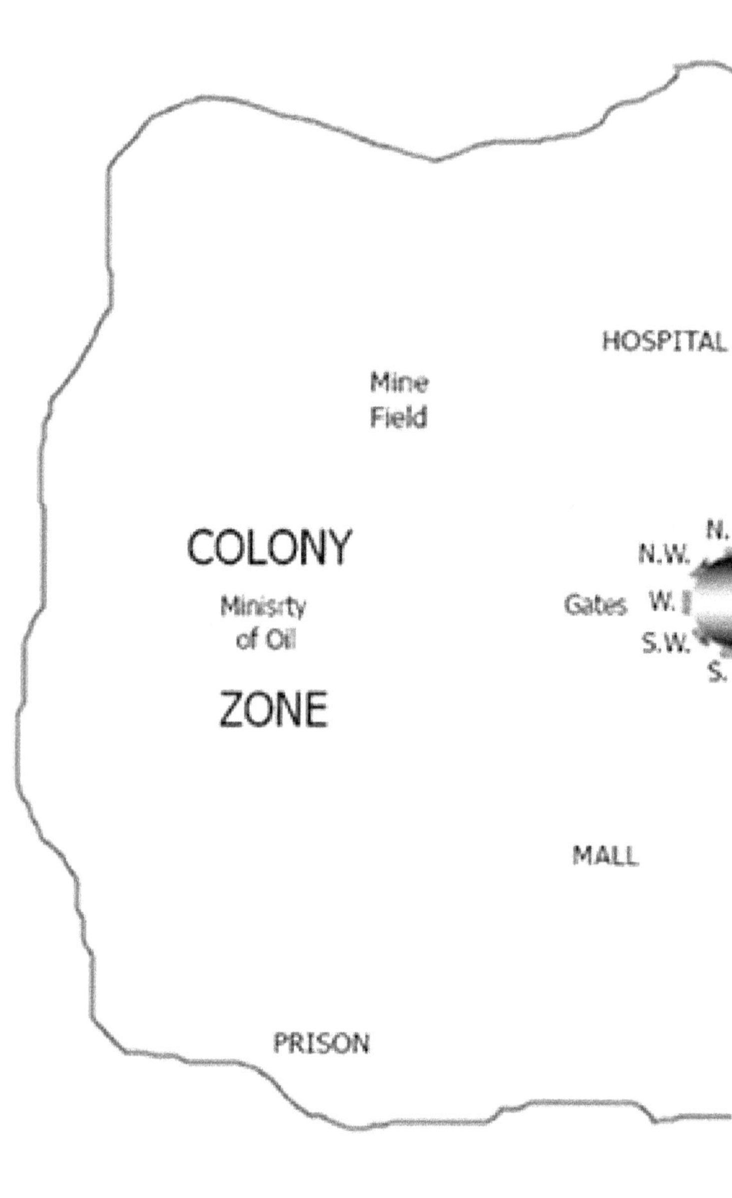

HOSPITAL
Mine
Field
COLONY
Minisrty
of Oil
ZONE
N.
N.W.
Gates   W.
S.W.
S.
MALL
PRISON

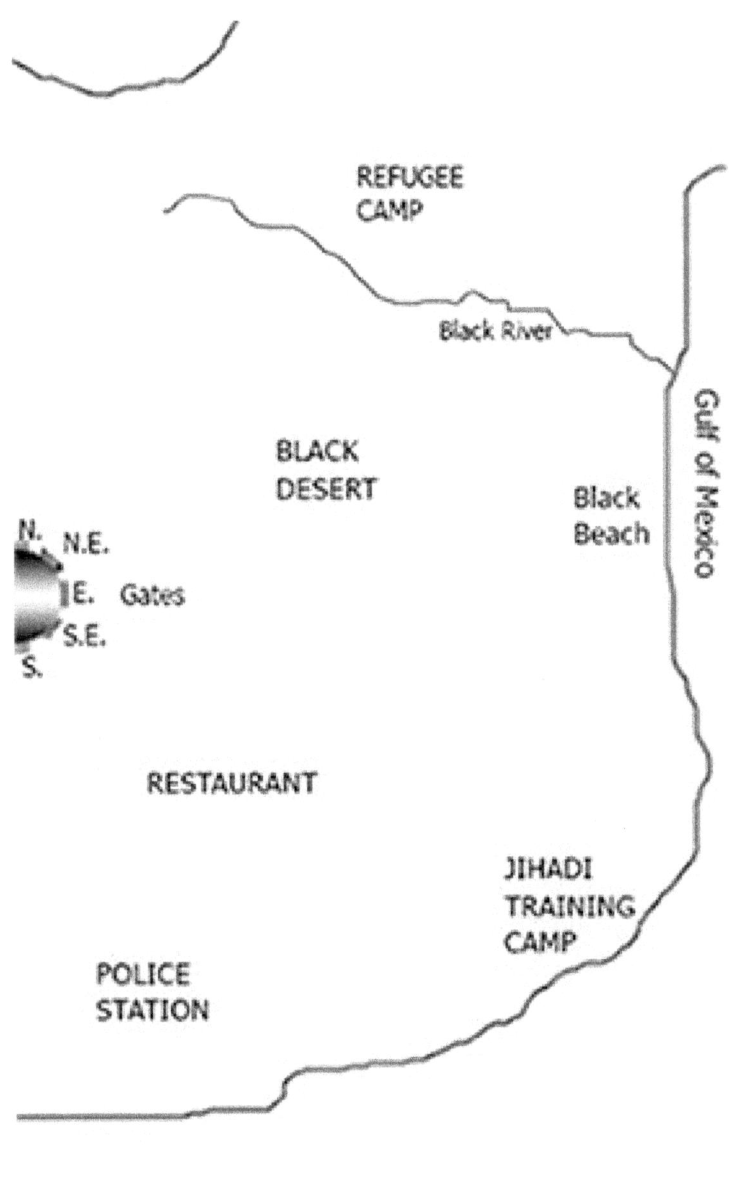

REFUGEE CAMP
Black River
BLACK DESERT
Black Beach
Gulf of Mexico
N.
N.E.
E.   Gates
S.E.
S.
RESTAURANT
JIHADI TRAINING CAMP
POLICE STATION

Quand Louis, Roxanne et Tom se retrouvèrent de nouveau au grand air, ils se virent remettre par une femme obèse vêtue de l'uniforme gris de rigueur, une espèce de dépliant fripé et rapiécé, qui avait déjà dû servir à de nombreuses reprises. Avant de leur souhaiter de bien s'amuser et de passer une bonne journée, elle leur indiqua le chemin à suivre, à savoir un sentier cimenté bordé d'herbe très verte et bien tenue, qui serpentait entre trois des bâtiments administratifs qui constituaient la zone 'active' laquelle laissait ensuite place au parc. Cette zone était propre, parsemée de végétation épanouie.

Cette végétation, cette herbe, cette propreté... disparurent progressivement, au fur et à mesure qu'ils approchaient. Ils se retrouvèrent alors devant une autre grille métallique, ouverte, sans personne devant, garde de sécurité ou autre, pour les contrôler. Sur ses deux côtés s'étendait un nouveau mur d'enceinte, de pierre grise, plus haut que le précédent, et surmonté de plusieurs épaisses lignes de gros barbelés. L'ouverture était, elle, surmontée de l'enseigne, grise, terne, déprimante:

Welcome to

CHENEYLAND

Avec, tout autour ou en son sein, des petits visages aigres et grimaçants, notamment ceux de Dick Cheney, de George W. Bush et de Donald Rumsfeld, mais aussi de Donald Trump et de Benjamin Netanyahu. Tous serraient les dents à s'en décrocher la mâchoire.

Tom tenta de mettre un nom sur au moins un de ces visages, et n'y parvint pas.

Une fois le mur franchi et la zone derrière eux, le sentier se dissolut, l'herbe verte disparut et ils débouchèrent dans le parc à proprement parler. Ils découvrirent ce qui ressemblait fort à un simple champ de ruines dont certaines fumaient à grosses traînées noires épaisses. Pourtant l'air n'en était pas saturé – pas encore. Les premiers bâtiments – ou ce qui en restait – à s'offrir à l'œil, étaient à une centaine de mètres, une distance raisonnable mais qui pouvait sembler irréelle pour ce qui devait ressembler à un parc à thème digne de ce nom. Ces bâtiments fantômes, dont les façades passaient par toutes les nuances du gris et du noir, semblaient en avoir déjà assez vu et n'avaient pas besoin d'être en plus traités comme les phénomènes qu'ils étaient devenus. Ils paraissaient donc vouloir se dérober à leur examen critique. Sans pouvoir y parvenir, bien évidemment.

Louis et Roxanne avaient l'impression d'être dans une ville de troisième zone, frappée toute entière par la foudre, et d'un seul coup. Ils savaient, bien entendu, qu'il n'en était rien. Mais le tableau était diablement saisissant. Tom était bouche bée, tout à sa découverte.

Le parc était énorme. Tout comme l'était n'importe quelle zone de guerre.

Louis déplia ce qui constituait le guide officiel du parc Cheneyland. Il consulta la carte avec Roxanne et découvrit un point indiquant le centre d'évaluation d'où ils étaient sortis. Il s'agissait du CE1 (Centre d'Évaluation 1) situé à cheval entre les portes d'entrée Nord et Nord-Est. Le sentier qui en partait et qu'ils avaient suivi, débouchait non loin de l'« attraction » la plus proche, à savoir un hôpital.

Selon le plan, l'hôpital se trouvait sur leur gauche; ils suivirent cette direction des yeux et ne virent rien qui ressemblait, de près ou de loin, à une telle institution. Tous les édifices se rejoignaient dans la plus totale décrépitude. La civilisation même semblait avoir trouvé un terrain de confrontation avec autre chose – son parfait contraire, ou son pendant de l'autre côté d'un certain miroir tordu.

– Bon, allons-y, dit Louis. On a payé pour la journée, on ne va pas la passer à prendre racine ici.

D'autant plus que de nombreux clients s'étaient déjà engagés dans le site, sans montrer d'émotion particulière. Avec pour d'autre but que celui de se divertir, comme on est censé le faire dans le premier parc à thème venu. Certains avaient déjà sorti leurs attirails photographiques et s'activaient fiévreusement.

Cet hôpital étant l'attraction la plus proche, sans pour autant être clairement visible, autant s'y rendre en premier. Deux types, dont l'un portait l'uniforme de l'armée américaine, l'autre celui des bus Greyhound, les abordèrent.

– Bonjour à vous! lança jovialement le soldat.

– Bonjour, répondit Louis.

– Je vois qu'il y a un enfant avec vous! dit l'autre type. Une famille ici, c'est assez rare. Donc pas question de vous laisser circuler à pied, ce parc est trop grand pour vous!

– Dans quelle direction voulez-vous vous diriger? fit le soldat.

– Vers l'hôpital, sans doute, dit Roxanne.

– Vous n'êtes pas obligés de commencer par là, dit l'autre type.

Plusieurs véhicules de l'armée, qu'on aurait d'abord devinés comme faisant partie de l'effort de guerre, étaient arrêtés non loin du sentier, devant certains immeubles. Les clients ne tardèrent pas à comprendre qu'il s'agissait d'autant de navettes à leur intention. Il y avait également trois petits bus.

– Nous sommes là pour vous conduire où vous le désirez, continua le chauffeur de bus.

– Je vous conseille le camp de réfugiés, pour commencer, dit le type en uniforme de soldat.

– Le camp de réfugiés? fit Tom.

– Oui, il y en a un sur la carte, dit Louis.

– Ça se visite, un truc comme ça? interrogea Roxanne.

– En théorie, non, fit le bus driver.

– En pratique, encore moins, dit le soldat. C'est pour cela que nous vous le conseillons, histoire de vous mettre dans l'ambiance sans attendre.

Louis consulta ses deux enfants du regard. Il vit Roxanne qui fixait des yeux ronds sur le soldat.

– Dans l'ambiance, vous dites? lui lança-t-elle.

– L'ambiance de guerre, oui, lui répondit-il. Et pour ça, vaut mieux y circuler dans un véhicule de l'armée. Alors? Ça vous tente?

– Je prends, dit Louis.

– Je préfère commencer par l'hôpital, dit Roxanne.

– Encore une fois, vous n'êtes pas obligés de commencer par là, lui rappela le bus driver. Il y a d'autres endroits.

Louis jeta à sa fille un regard appuyé. Puis il regarda Tom.

– Le camp, moi, ça me va, dit l'enfant.

– Va pour le camp, dit Louis avec un hochement de tête.

– Ça marche pour le camp! dit le soldat. Suivez-moi!

Ses nouveaux clients le suivirent de plus ou moins bonne grâce vers un des véhicules de l'armée prêts à partir vers la droite.

Le trajet fut un petit calvaire de tous les instants. Du moins dans sa première moitié.

Le véhicule dans lequel Louis, Roxanne et Tom avaient pris place était un camion militaire très classique, recouvert de sa bâche verte dans sa partie la plus haute, et qui n'était certainement pas taillé pour ce genre de chemin. Un tank, voire un bulldozer, aurait mieux convenu. La route, si on pouvait l'appeler ainsi, était aussi praticable qu'un champ de mines. Elle s'était formée sur du simple matériau de construction de bâtiments, au gré des passages de véhicules plus ou moins lourds et, de ce fait, était trouée de profondes ornières que des monceaux de gravats de béton et de mortier venaient parsemer en de nombreux endroits.

Les passagers, des clients encadrés de trois types armés, en uniformes militaires, étaient massés à l'arrière et jouaient à saute-mouton sur leurs sièges, bien malgré eux. Ils s'y attendaient tous plus ou moins donc aucun ne se plaignit... jusqu'à ce qu'une des roues avant ne bascule dans une de ces ornières, plus profonde que la normale, et en partie masquée par les gravats.

Sous le choc, plusieurs des passagers basculèrent sur le plancher noir de crasse et de terre séchée. Roxanne fut du lot, en compagnie d'un couple entre deux âges dont la femme se mit à crier. La robe qu'elle portait était toute neuve, elle était sûrement fichue maintenant.

Elle hurlait toujours quand on dut faire sortir les passagers du véhicule immobilisé. Et exigeait qu'on s'occupe d'elle et qu'on nettoie son tissu; le camion pouvait attendre, les réfugiés aussi. Autour d'elle, personne ne broncha. Surtout pas les hommes, clients comme employés, son petit ami inclus, qui se mirent en devoir de libérer la roue prisonnière.

Pendant ce temps, la bonne femme s'était livrée à un petit striptease improvisé, essayant tant bien que mal d'ôter sa robe, multicolore, longue et épaisse, garnie de dentelles... et bonne pour la poubelle. Roxanne la regardait se démener en souriant.

Une fois la roue avant sortie du trou, le chauffeur manœuvra pour que la roue arrière ne suive pas le même chemin. Puis tout le monde réintégra le camion. Tous... sauf la bonne femme, désormais vêtue d'un simple maillot de corps blanc et d'un short, et qui refusait de remonter à l'arrière tant que le plancher n'était pas nettoyé. A la limite, elle pouvait se permettre d'aller à l'avant, pour-quoi pas, après tout, le client est roi, surtout quand c'est une femme. Son chéri semblait d'accord mais jugea que le moment était mal choisi pour les caprices; il dut la soulever de terre et la jeter sur ses solides épaules, pour lui faire rejoindre les autres à l'intérieur et éviter de faire perdre du temps supplémen-taire à tout le monde.

Le camion repartit à son petit trot brin-quebalant; cela dura cinq bonnes minutes supplémentaires pendant lesquelles tout le monde souffrait d'à peu près tout, des se-cousses, de l'épaisse poussière de béton dégagée par les roues au passage des gra-vats, de la chaleur qui grimpait en propor-tion, d'une soif qui commençait à se faire sentir... et aussi des jérémiades de la bonne femme, que Roxanne se retenait à grand-peine de cogner.

Puis le chemin s'aplatit progressivement, le camion put alors atteindre sa vitesse de croisière... et les passagers civils, surpris, regardèrent autour d'eux et s'aperçurent qu'ils venaient de pénétrer dans ce qui ressemblait fort à un désert. Les bâtiments eventrés s'éloignaient au fur et à mesure, et rien de semblable ne venait les remplacer. Mais la grisaille était toujours là, tout autour d'eux, flottant dans le ciel, persistante, collante. Une atmosphère qui, et Roxanne le comprit, était artificielle; en tout cas l'était à au moins 70%.

Il ne s'agissait (malheureusement) que d'un tout petit bras de désert, et donc de trajet tranquille sur une route rectiligne, sans trous ni bosses; ils eurent à peine le temps de se remettre du parcours cahoteux que le camion s'arrêta de nouveau. Ils étaient arrivés au **camp de réfugiés** et durent redescendre du camion.

Du moins, ils étaient arrivés à un *check point*[1] situé à proximité du camp.

1. Point de contrôle.

Les Motmotty furent invités à montrer patte blanche, à savoir leurs tickets d'admis-mission, avant de pouvoir franchir l'obstacle. Ils se retrouvèrent sur un énorme sentier de terre qui surplombait ce qui était situé à mi-chemin entre une grande rivière et un petit fleuve.

Louis consulta la carte, pendant que Roxanne, ahurie, prenait des clichés avec son téléphone. Il s'agissait bien de ce qui était désigné comme la *Black River,* le fleuve noir. Elle s'approcha du bord du sentier et un soldat lui lança un appel à l'ordre qu'elle entendit à peine. Le fleuve n'avait pas volé son nom: ce cours d'eau brillait surtout par sa couleur. Roxanne grimaça. Des tas d'ordures les plus diverses flottaient à sa surface, et Louis, qui s'était rapproché avec Tom, pouvait deviner que le fond en était tapissé. Il tourna la tête et aperçut certaines personnes, surtout des gosses, qui se baignaient joyeusement dans cette eau croupie, saturée de bactéries. En bordure du fleuve, il vit de nombreuses femmes, vigoureusement bâties, qui faisaient leur lessive, ou quelque chose d'approchant; allant jusqu'à tremper entièrement leurs chargements de vêtements et de draps sales dans cette eau stagnante, bourrée d'écume poisseuse; et d'autres qui remplissaient des seaux et bacs entiers de cette infection avant de s'éloigner.

L'odeur qui se dégageait de cette baille était un mélange d'ordures et de mazout tourné.

Les Motmotty allaient franchir le pont et pénétrer dans le camp proprement dit quand un autre soldat les intercepta.

– Si vous voulez, vous pouvez remonter dans le camion, leur dit-il. C'est même un conseil que je vous donne.

Il venait de donner ce même conseil aux deux tourtereaux qui ne se l'étaient pas fait dire deux fois et étaient illico remontés à l'intérieur. Les Motmotty furent sur le point de les imiter quand ils furent alertés par des cris soudains, non loin d'eux. Puis Louis et Roxanne aperçurent un petit groupe de personnes soudées ensemble, probablement une famille. Trois individus de sexe masculin, un adulte, un adolescent et un enfant, soutenaient une jeune femme adulte, pliée en deux, qui haletait de douleur. Elle était enceinte jusqu'aux yeux. Ils se dirigeaient vers le *check point*.

– Montez, dit le soldat.

Ils montèrent finalement. Et le camion entra dans le camp.

Pour les soldats, cette « visite » du camp de réfugiés était l'étape la plus rude de la journée. Aussi, au moment où les clients faisaient leur entrée dans le parc, les soldats stationnés au niveau des portes Nord et Nord-Est (les plus proches du camp) faisaient tout leur possible pour les convaincre de visiter le site en premier – c'était dans leur contrat –, mais en même temps, priaient-ils pour que ceux-ci ne se laissent pas convaincre, et décident d'aller de l'autre côté. Ça leur était toujours plus pénible de devoir leur faire visiter cette horreur dès la clôture des admissions, à l'heure la plus avancée de la journée, au moment où la chaleur est la moins supportable, et où les gosses sont les plus ingérables et intenables.

A l'instant même où le camion pénétra dans le camp, les soldats semblèrent se mettre au garde-à-vous et en position de tir, tout en même temps, alors qu'ils étaient toujours assis. Et pour cause, ils savaient très bien ce qui allait leur tomber dessus. Tous les jours, c'était la même chose. Et ce n'était jamais facile.

Vu d'une certaine distance, le camion ressembla d'un coup à un puissant aimant qui vient d'attirer tous les bouts de métal possibles à la ronde, surtout les plus petits. Ou à une Limousine flambant neuve et longue de dix mètres, qui vient de s'arrêter en plein centre d'un quartier à putes. A la vitesse de l'éclair, le véhicule fut pris d'assaut par une meute de gosses en guenilles dont les plus agiles avaient sauté haut et réussi à attraper le rebord extérieur, et qui hurlaient en tendant des petits bras secs, osseux, mal nourris, noirs de crasse. L'odeur forte de sueur rance qu'ils dégageaient, envahit rapidement l'espace intérieur et devint vite suffocante. Devant la violence et la soudaineté de l'attaque, la bonne femme, prise de terreur, rebascula au sol; Louis et Tom crurent que ces gosses étaient partis pour les soulager de leurs fringues ou pour leur arracher des lambeaux de chair, mais non, ils ne faisaient que quémander de l'argent ou de la nourriture.

Pas tous, cependant. Les secondes passèrent, la séance de manche collective se fit très vite insistante, sinon agressive, les petites mains et les petits bras se firent baladeurs (Roxanne se prit même une gifle!) et certains gosses passèrent rapidement la limite.

Trois d'entre eux s'intéressèrent vite aux vêtements de la bonne femme, qui leur parurent tout droit sortis d'un rêve impossible. Deux réussirent alors à l'empoigner et l'un la tira vers eux par sa robe.

Avant même que les bidasses aient pu les en empêcher, les gosses déshabillèrent la femme, sautèrent du camion et détalèrent comme des lapins avec leur butin, en piaffant comme les petits chapardeurs qu'ils étaient. Ils avaient réussi en à peine trois secondes ce qu'elle avait mis près de deux minutes à faire: enlever sa robe, qu'elle avait ensuite mis plus de temps encore à remettre quand il leur avait fallu descendre du camion au niveau du *check point.* Un strip-tease éclair. De nouveau, elle était en maillot de corps et hurlait, tapie au fond du véhicule comme un sac abandonné. Son chéri n'avait pas bougé, n'avait rien fait pour l'aider.

Les soldats n'avaient pas pu faire grand-chose et pour cause: dans le même temps, d'autres gosses s'attaquaient à Tom! Lui aussi venait de se faire empoigner. Tom hurlait de douleur et de terreur. L'un des gamins le tirait en arrière par les cheveux; Louis et Roxanne s'étaient précipités à la rescousse.

– Lâchez mon fils, bande de sales pouilleux! aboyait Louis.

Un bidasse intervint; il balança un coup de crosse à la tête du gosse tireur de cheveux, qui lâcha prise et disparut. Le soldat passa alors son arme à l'extérieur et tira une rafale en l'air.

Effrayés, les gosses sautèrent du camion et détalèrent aussi vite qu'ils étaient venus. Ceux qui étaient restés accrochés de l'autre côté, virent les bidasses rappliquer avec leurs armes, sautèrent du camion et disparurent à leur tour.

Un autre soldat se dirigea vers la femme, la main tendue; mais celle-ci, qui s'était mise à pleurnicher, le repoussa sans ménagement. « Ces petits monstres m'ont volé ma robe toute neuve! » chialait-elle. Son ami en titre ne bougeait toujours pas de sa place. Il ne disait absolument rien, semblant très loin de ce qui venait de se passer, la laissant à son 'sort', comme s'il n'était pas concerné.

Des instructions venaient d'être données, par radio, pour que les trois petits diables soient retrouvés, et leur larcin avec. Même si les chances de revoir le vêtement dans un état acceptable étaient quasi-nulles.

La « visite » venait quand même de commencer, dans des conditions qu'on pouvait qualifier de normales, même si le cœur n'y était pas vraiment. Pour l'instant. Sur fond de pleurnicheries, Roxanne, qui avait pris son frérot dans ses bras et couvrait son visage de baisers tout en le berçant comme un nouveau-né, découvrait enfin le camp – pareil pour Louis, qui en discutait avec un des bidasses. Et elle ne vit que des rangées de tentes, qui semblaient s'étaler à l'infini, dans une promiscuité indigne, épouvantable. Des tentes de toutes tailles, moisies, misérables, la plupart séparées les unes des autres par des tas d'ordures qui les coinçaient entre elles, et dont beaucoup s'affaissaient, ne tenant plus sur rien d'autre que sur des barres usées ou des piquets rachitiques, sommairement plantés, qui avaient été récupérés dans la décharge qui s'accumulait dans la rangée voisine. Des tentes dont même des Indiens sans-abri ne voudraient pas en cadeau. A l'intérieur, des familles entières (ou pas), qui ne disposaient de rien, même pas d'une simple paillasse; de rien sauf l'espoir soit qu'on les fasse passer dans un endroit sûr, où elles pourraient recommencer leur vie, soit que la guerre s'arrête, pour qu'elles puissent réintégrer leur patrie. Des familles chassées de leur pays par un quelconque conflit sans nom, qui ne les concernait pas. Les plus chanceuses avaient 'seulement' vu leurs maisons subitement détruites, comme ça, par un missile tiré d'un avion ou d'un drone, ou un boulet de canon tiré d'un tank, ou par un bulldozer venu leur rouler 'officiellement' dessus, sous leurs regards désespérément impuissants; les autres avaient perdu l'un ou plusieurs des leurs – dans les pires des cas, un enfant de moins de quinze ans qui avait voulu défendre la maison familiale contre un tank ou autre bulldozer, et qui avait été presque tout de suite 'exécuté' comme terroriste. Il était littéralement parti en fumée; il n'en était même pas resté assez pour lui donner droit à un cercueil. Dans certains cas, on n'avait même pas retrouvé sa tête.

La plupart des jeunes mères avaient vu leurs gamins, fruits de leurs entrailles, abattus ou pulvérisés sous leurs yeux et depuis, avaient perdu toute raison de vivre; traumatisées, détruites, elles erraient telles des âmes grises, désormais peu préoccupées de leur propre sort. A leurs yeux, seul comptait l'avenir de leurs petits qui n'étaient plus là, et qu'elles n'avaient même pas pu enterrer. Ces mères brisées se comptaient par dizaines rien que dans ce camp.

Louis et Roxanne ne les voyaient pas.

Le camion roulait à vitesse réduite, la voie qu'elle suivait étant assez étroite et pas mal encombrée. Les trois soldats veillaient désormais au grain; ce qui s'était passé peu après leur entrée dans le camp n'avait pas été prévu au programme, avait échappé à leur vigilance qui s'était relâchée. Maintenant ils avaient tous leurs sens en éveil. Au fur et à mesure que le véhicule avançait, toujours plus d'enfants tentaient de le prendre d'assaut; à chaque fois, un soldat lâchait une rafale en l'air et les gosses s'immobilisaient.

Le camion continuait à rouler au pas, à la même allure tranquille malgré l'empressement des gosses qui ne faiblissait pas. Les soldats, à qui l'on avait donné le plein de chargeurs avant la clôture des admissions, étaient donc constamment sur leurs gardes, et constamment obligés de faire ce qu'il fallait pour les maintenir à distance. Cela dura ainsi durant quasiment tout le trajet dans le camp. Bien entendu, les balles tirées en l'air par les soldats étaient à blanc mais cela ne faisait aucune différence – sur les réfugiés, quel que soit leur âge, l'effet produit était identique.

Le véhicule finit par sortir du camp, et à ce moment les trois soldats poussèrent de gros soupirs de soulagement; ils purent enfin baisser leurs gardes et se décontracter, notamment au niveau de leurs bras. Ils allaient franchir, quasiment au ralenti, le fleuve noir quand les Motmotty perçurent des cris qui leur parurent familiers. C'étaient les mêmes que ceux qu'ils avaient entendus à l'aller. Provenant de la gorge de la même femme enceinte.

Sauf que ces cris, en fait des hurlements déchirants, inhumains, n'étaient pas du tout ceux d'une femme qui s'apprêtait à mettre bas. Roxanne vit, à sa grande horreur, qu'elle était coincée devant le *check point*, en position debout, en face d'un soldat qui se bidonnait tout en lui envoyant, en cadence et le plus fort possible, la crosse de son fusil dans son ventre rond, pendant que deux autres la maintenaient debout, sur ses jambes qui ne la soutenaient plus. Alors que le camion commençait à s'éloigner, Louis, Roxanne et Tom virent le fœtus brutalement expulsé du ventre, et projeté à terre dans un déluge de sang. (Roxanne se précipita sur

Tom pour l'empêcher de regarder mais il était trop tard.) A sa vue, les soldats lâchèrent la femme qui s'écroula et ne bougea plus. Son mari et ses deux enfants étaient maintenus à distance par d'autres soldats hilares; en voyant sa femme s'effondrer, le mari se libéra d'un coup, avec un jappement, et se précipita. Il eut à peine le temps de faire trois pas que des détonations claquèrent. Il s'effondra à son tour. Les deux enfants furent relâchés et subirent aussitôt le même sort.

Le camion continua de s'éloigner doucement, comme si de rien n'était; les Motmotty quittèrent définitivement le camp sur cette scène d'épouvante.

REFUGEE CAMP
Black River
BLACK DESERT
Black Beach
Gulf of Mexico
N.E.
E. Gates
S.E.
S.
RESTAURANT
JIHADI TRAINING CAMP
POLICE STATION

Le camion avait pris à gauche après le *check point,* longeant le fleuve noir, et continuait dans cette direction, du côté opposé à celui de l'hôpital; Roxanne et les autres étaient trop choqués pour le remarquer.

Sauf la bonne femme qui lâcha soudain:

– Bien fait pour eux! Ça leur apprendra à nous attaquer, quand on paye pour leur rendre visite.

Toutes les têtes se tournèrent vers elle. Même son 'chéri' leva la sienne.

– En plus, la grosse n'était même pas enceinte.

– Évidemment que non, dit l'un des soldats.

– Elle cachait des armes sous sa robe.

Son 'chéri' secoua la tête et la baissa de nouveau, l'air écœuré.

– C'est ce qu'elles font toutes, continuait-elle. Ce qui leur arrive, à ces gens, c'est malheureux mais quelque part, ils l'ont bien cherché. On récolte toujours ce qu'on sème.

Roxanne retenait une furieuse envie de la faire taire à coups de poing.

– Vous pensez vraiment ce que vous venez de dire? fit le soldat.

– Je pense toujours ce que je dis.

– Nous ne tuons personne ici.

La femme le regardait sans comprendre.

– C'est un parc à thème, ici, pas un abattoir. Cette femme n'a rien, elle va très bien. Son mari et ses gosses aussi.

– Mais ils... commença Roxanne.

Elle allait continuer, quand l'idée commença à faire son chemin. "C'est un parc à thème ici..." elle avait été si impressionnée par cette scène qu'elle l'avait oublié.

– Ils ont cogné sur un faux ventre, dit l'un des deux autres soldats.

– Et... et ce bébé, alors? fit Tom d'une toute petite voix.

– C'était un faux fœtus, dit le bidasse.

– Je ne vous crois pas! cria la bonne femme.

– Je dois dire que moi non plus, fit Louis.

– C'était quoi, alors, selon vous? questionna le soldat intrigué, en souriant.

– Des armes, bien entendu! répondit la femme avec hauteur. Emballées dans un sac!

Les trois soldats se regardèrent avec ahurissement, puis ils éclatèrent de rire. Roxanne riait également, et elle vit que le petit ami de la bonne femme ricanait en la regardant. Roxanne comprit alors que les relations entre ces deux-là avaient changé, pendant leur visite du parc: le type s'était rendu compte que sa dulcinée était républicaine et impérialiste jusqu'au bout des ongles; mais aussi, surtout, qu'elle était stupide. Ce qu'il n'avait pas dû comprendre avant ce jour. Il lui avait fallu passer des tests puis payer son admission dans ce parc pour prendre conscience de tout cela. D'où son état d'esprit plutôt chaotique. Il lui faudrait encore quelques heures pour se remettre de ce brusque constat.

– Qu'y a-t-il de si drôle? s'écria sa 'chérie' d'une voix grinçante.

– Ce que vous avez vu, c'était une simulation, reprit le bidasse, une fois que lui et ses deux comparses eurent fini de se bidonner. (Il avait les larmes aux yeux.) Du même genre que ce film en relief, qu'on vous a montré dans le centre, vous vous rappelez?

– Ce n'est pas la même chose, fit la femme, butée. Nous ne sommes plus dans un film!

– Exactement. Vous voulez une démonstration de la réalité? fit le bidasse en soupirant légèrement.

– Je viens de voir la meilleure des démonstrations, merci beaucoup.

Les trois soldats échangèrent un regard entendu; puis ils pointèrent leurs armes sur elle et vidèrent leurs chargeurs. La triple rafale suffit à couvrir les beuglements de terreur de la créature en chiffons, soudain tassée au fond du véhicule, et qui gesticulait frénétiquement, comme si elle se faisait vraiment arroser de balles.

Puis ce fut le silence, ou plutôt, la fin de la fusillade. Le véhicule roulait toujours, à une allure très normale, comme s'il était en pilotage automatique, comme si son chauffeur n'avait rien entendu. Louis et ses deux enfants s'étaient jetés au sol, les oreilles bouchées. Tom criait, lui aussi. Roxanne finit par prendre conscience du silence, elle le prit dans ses bras et il se tut.

La femme était maintenant recroquevillée

comme un fœtus. Elle ne bougeait pas. Les soldats attendirent, un léger sourire aux lèvres, qu'elle finisse par relever la tête. Ce qu'elle fit. Preuve qu'elle était en vie. Et qu'elle allait très bien, elle aussi. Aucun impact de balles nulle part, ni autour d'elle et encore moins sur son corps.

– Ça vous suffit, comme démonstration, lui dit l'un des soldats, ou vous en voulez encore?

Elle ne répondit rien.

– Encore une fois, c'est un parc à thème, ici. Qu'est-ce qui vous fait croire que nous tirons à balles réelles?

– Mais ces gens... ils sont tombés! fit Louis.

Roxanne lui jeta un coup d'œil sévère, que Louis ne vit pas.

Le soldat soupira avant de lâcher:

– Ils n'ont fait que jouer leurs propres rôles.

Les soldats échangèrent un nouveau regard entendu, semblant se mettre d'accord pour ne plus rien ajouter. Et en effet, plus rien d'autre ne sortit de leurs bouches. Ils estimaient en avoir assez dit et fait. Si une pareille démonstration ne suffisait toujours pas pour que ces gens comprennent, ce n'était pas leur problème.

La bonne femme se rassit, n'osant plus rien ajouter. Son 'chéri' ne l'avait pas aidée à se redresser et elle ne l'avait pas remarqué.

Pendant la discussion, le camion s'était éloigné du fleuve et suivait maintenant un sentier creusé par les passages de véhicules du même type. Ce sentier s'enfonçait dans la zone désertique, à mi-chemin entre la plage et la zone active. La plage se trouvait du côté gauche.

– La **plage noire**, fit Louis, et il ressortit le plan du parc.

– Ça veut dire qu'on s'éloigne de l'hôpital, fit Roxanne. (Elle avait parlé d'une voix lasse. Comme si l'hôpital ne l'intéressait plus.)

Louis regarda sur sa gauche, imité par Tom. La plage n'était pas clairement visible tant tout était dominé par la plus sombre des grisailles. Elle avait fini par écraser le bleu du ciel et avait tout envahi, tant et si bien que la seule perspective d'aller à la plage parut déprimante pour tout le monde. Rien que le nom qu'on lui avait donné, n'incitait déjà pas à la tentation du tourisme. Louis regarda le sol plus attentivement, ne vit que du sable noir et comprit que ce fleuve noir n'était qu'un prolongement de la plage (et vice-versa), laquelle était donc certainement impraticable car polluée, saturée de mazout, que ce mazout soit artificiel ou non.

Roxanne, elle, s'intéressait au côté droit du sentier. Et vit qu'ils approchaient d'une demi-douzaine de colonnes de feu, qui semblaient partir du sol même. Il n'y avait aucun bâtiment dans les alentours; rien que le **désert,** sur lequel une chappe de plomb fondu serait tombée. Ces colonnes prenaient des proportions toujours plus gigantesques au fur et à mesure qu'ils approchaient. Bientôt, Louis et Tom finirent par détourner leurs yeux de la plage, et par profiter du spectacle.

Il s'agissait de puits de pétrole auxquels on avait mis le feu. Ou plutôt, de reproductions de tels puits. Le résultat était de véritables geysers de flammes qui jaillissaient de ces puits, et s'élevaient à quelques trente mètres de hauteur. Puis mouraient dans un ciel devenu aussi noir que la plus profonde des mines de charbon; malgré cela, la lumière était aveuglante.

– Pas mal, hein? fit un soldat.

Personne ne répondit à cette question qui n'en était pas vraiment une.

– Plusieurs guerres sans nom ont été déclenchées rien que pour ce genre de truc, reprit le soldat. Des guerres soi-disant préventives, contre le terrorisme ou la tyrannie, notamment cet « Axe du Mal » inventé par Bush.

– Comment pouvez-vous dire de telles choses? aboya la bonne femme. Ces gens nous ont attaqués, il fallait riposter!

– Oui, et se servir au passage, fit Roxanne.

– Ces gens qui nous ont attaqués, comme vous dites, venaient d'Arabie Saoudite, dit un autre soldat. Bush et sa clique ont riposté... en attaquant d'autres pays.

– Je ne veux pas parler de ça, dit la bonne femme, soudain dédaigneuse.

– Évidemment que non, fit Roxanne.

– Roxy, s'il te plait, arrête, fit Tom.

– Quand les premiers puits ont commencé à partir en fumée, Rumsfeld s'est enflammé, comme qui dirait, et a parlé d'actes de « crimes de guerre ». Cela a fait rire pas mal de monde, cela a aussi levé le voile sur le véritable but de cette guerre en Irak. Rumsfeld a dit ça comme si ces puits étaient déjà la propriété des forces américaines sur place. Il s'agissait donc, surtout, pour lui, pour Bush et les autres, de mettre la main sur l'Irak et sur tous ces fameux puits de pétrole, et non de combattre le terrorisme ou de libérer le pays.

– Ça a toujours été comme ça, renchérit le premier bidasse, et ça n'est pas près de changer: quand on s'invite dans un pays en le bombardant, c'est toujours pour essayer de s'en emparer et de contrôler ses ressources.

Cette dernière phrase toucha Louis au cœur, mais il ne trouva pas la force de répondre. La chaleur s'était faite suffocante au fur et à mesure qu'ils approchaient du feu d'artifice, et maintenant qu'ils passaient devant, cette chaleur avait atteint son pic. Un pic que seuls des populations locales, habituées aux températures tropicales, et des soldats préparés à ce genre de situation, et pourvus de gourdes remplies d'eau fraîche, étaient en mesure de supporter. Un pic qui n'invitait pas aux débats enflammés sur la politique extérieure belliqueuse des Républicains au pouvoir.

Louis avait été soldat, mais c'était il y a longtemps; il n'avait pas fait le Viêt-Nam, n'avait pas connu ses jungles si touffues et hostiles, pleines de dangers; ce désert, même artificiel, était hors de sa portée. Il savait que ces puits de pétrole n'avaient pas grand-chose de fabriqué: ce parc était texan à 100%, avait été dessiné et conçu au Texas – l'un des États américains dont les sols regorgent toujours autant de pétrole – et avait été planté de même, quelque part sur la côte, entre Corpus Christi et Brownsville.

Louis mit sa réponse en suspens, le temps que la température revienne à la normale. Il ne savait pas ce qu'il allait dire, mais il dirait quelque chose.

La bonne femme, elle, était suffoquée, autant par la chaleur que par la fureur. Elle ne pouvait pas laisser la plus grande nation mondiale, qui avait évité à l'Europe de tomber sous le joug nazi, se faire critiquer aussi impitoyablement – au point d'être comparée à l'Allemagne nazie –, par des jeunes vauriens déguisés en militaires, qu'elle considérait déjà comme des traîtres. Oui, ces faux soldats n'étaient que des traîtres planqués dans ce repaire qu'était ce parc à thème, et qui jouaient les bons samaritains, les donneurs de leçons. Il faudra qu'elle le signale aux autorités. Ça n'allait pas se passer comme ça. Il y a des limites à tout, même à la démocratie et la liberté d'expression. L'anti-patriotisme dirigé contre la première nation mondiale devrait être puni par la loi, de la plus sévère des manières; même si cette nation vient de déclencher la Troisième Guerre mondiale.

Oui, elle signalerait l'attitude et les propos anti-patriotiques du personnel aux autorités. Si possible, elle ferait fermer ce parc qui d'ailleurs, n'avait rien d'attractif.

Et elle regarda Tom, qu'elle parut remarquer pour la première fois. Qu'est-ce qu'un aussi jeune garçon, un enfant à peine sevré, à qui on vient sûrement d'enlever son biberon, pouvait bien fabriquer dans un endroit pareil? Il faudra qu'elle signale cela également.

Tom, comme Roxanne, se contentait de se repaître de ce panorama, en se disant que ce n'était pas le genre de feu d'artifice qu'on donnerait à voir aux gosses comme lui. Quelque part, il se sentit privilégié. C'était un spectacle ahurissant; un pur régal pour l'œil. Ce que les soldats venaient de dire lui était passé par-dessus la tête, il en avait tout entendu mais sans rien écouter. Même s'il y avait prêté attention, il n'aurait donné aucun avis – car, comme disait Roxanne, « trop jeune, donc trop nunuche pour avoir des positions politiques tranchées ».

Roxanne était totalement d'accord avec ce qui venait d'être asséné, elle s'était contenté de lâcher un "absolument" sans rien ajouter derrière.

Les geysers de flammes furent bientôt derrière eux, et, la distance et le recul aidant, ils purent mesurer à quel point le ciel avait été assombri par ces colonnes de feu. Au-dessus d'elles, il n'y avait rien sauf le noir, sauf d'épais nuages de fumée d'un noir si compact, si concentré, que même les rayons les plus puissants d'un soleil de plomb ne parviendraient pas à percer. Du coup, le ciel grisâtre, même artificiel, n'était plus visible. Ils durent parcourir un autre long bras de désert avant de voir la fin de cet énorme parapluie noir. Et de voir la route redevenir heurtée, cahoteuse, parsemée des gravats habituels aux zones de guerre.

Ils recommencèrent à jouer à saute-mouton sur leurs sièges, et la bonne femme, qui n'avait plus son épaisse robe pour amortir les chocs, recommença à gémir et à rouscailler, dans l'indifférence générale. Louis ressortit le plan et sans trop savoir comment, parvint à repérer les puits, qui n'étaient que de tous petits points à peine visibles, et sans aucune indication ou légende précise pour les situer tout de suite. Puis il trouva les deux attractions les plus proches: un restaurant et un camp d'entraînement djihadiste.

Le choix fut vite fait.

REFUGEE CAMP
Black River
BLACK DESERT
Gulf of Mexico
Black Beach
N.E.
E. Gates
S.E.
S.
RESTAURANT
JIHADI TRAINING CAMP
POLICE STATION

Il leur fallut dix minutes supplémentaires pour parcourir un kilomètre entre les bâtiments, les uns éventrés et en sursis, les autres qui n'étaient plus que des tas de gravats, sur des sentiers qui ressemblaient à des tranchées qu'on aurait oublié de creuser ou qu'on aurait commencé à creuser sans finir le boulot, pour finalement parvenir au **restaurant.** Le camion s'arrêta enfin, en équilibre instable.

— C'est ici, dit un des soldats, et il se leva.

Il se dirigea vers l'arrière; à ce moment, le camion tangua dangereusement sous son poids et s'immobilisa.

— Sortons de là, vite! fit un autre.

Un employé en uniforme des bus Greyhound les aida à sortir du véhicule. A ce moment, un autre employé, un jeunot qui semblait tout droit sorti de sa faculté, et qui était d'ailleurs habillé comme si c'était le cas, vint vers le groupe au pas de course. Il tenait quelque chose en travers du bras.

La bonne femme fut la première à le voir arriver; elle remarqua aussitôt l'objet, certainement un vêtement. Peut-être sa robe? Avant même de se donner le temps de se poser la question, elle tomba à bras raccourcis sur le type et lui arracha l'objet.

C'était bien sa robe. Sans un mot de remerciement, elle se mit à examiner son précieux habit, qui était fripé, déchiré en plusieurs endroits et marqué de taches de doigts sales, de graisse rance et de boue séchée, sur quasiment toute sa surface. A la surprise des autres, elle ne s'énerva pas, demandant simplement où et comment obtenir réparation. Il n'était bien entendu pas question qu'elle remette le vêtement, ne voulant pas ressembler aux innombrables fantômes dépenaillés qu'ils avaient croisés pendant le trajet. Elle avait un certain standing et comptait bien s'y maintenir.

Le petit jeunot, qui faisait partie du personnel administratif du parc, lui parla du centre commercial, elle y trouverait bien un magasin où remplacer sa robe, ou une laverie qui fonctionnerait encore; elle hocha la tête, et le chauffeur de bus Greyhound l'emmena vers un des mini-bus arrêtés à proximité. Son chéri hésita un instant avant de les suivre.

Pas mécontente d'être enfin débarrassée de ce boulet, Roxanne se tourna vers un des bidasses affairés non loin.

— Excusez-moi, juste une question...

— Allez-y, dit le type.

— Ce qui s'est passé devant ce *check point*... vous avez dit que c'était une simulation...

— Oui, encore heureux.

— Cela signifie-t-il que ce genre de chose arrive pour de vrai, dans des zones occupées?

— Ça se produit occasionnellement. Notamment dans la bande de Gaza.

— Mais pourquoi?

— Pourquoi? C'est une excellente question. Mais rappelez-vous ce que cette femme hystérique a dit, à propos d'armes emballées dans un sac.

— Ah oui, s'exclama Roxanne. Suis-je bête.

— Elle raisonne exactement comme un de ces soldats qui contrôlent ces zones, dit le bidasse. Pour la plupart, ce ne sont que des jeunes voyous qui s'amusent. Mais d'autres se méfient plus, ils voient dans ces femmes enceintes, des passeuses d'armes qui simulent des grossesses.

— Des terroristes, pour faire court.

— Oui.

— C'est ridicule.

— Pas tant que ça. Ça leur donne un bon prétexte pour s'amuser, tout en réglant le problème rapidement et en décimant la génération suivante.

— Je vois, dit Roxanne.

— Personne ne sait rien parce qu'évidemment, personne n'en parle, qu'il s'agisse des Américains, des Israéliens, des Russes et des autres. Au niveau de l'info, tout est bloqué. Même la télévision israélienne ne peut pas entrer dans la bande de Gaza. Du coup, les soldats peuvent faire tout ce qu'ils veulent là-dedans. Ça a perduré pendant des décennies. Jusqu'à ce que les Israéliens s'en aillent.

— Ils sont partis?

— Oui, en 2005. Sharon a fait retirer tous les soldats et les colons.

— Je ne savais pas.

— C'était stratégique. Depuis, lui et ceux

qui ont suivi s'en donnent à cœur joie. Tous les prétextes leur sont bons pour pilonner Gaza encore plus intensivement, maintenant qu'il n'y a plus aucun de leurs concitoyens à l'intérieur. Il s'agit désormais de causer le plus de destructions et de tuer le plus de monde possible. On ne compte plus les frappes à l'aveuglette, qui peuvent durer des semaines, voire des mois, quasiment sans interruption.

— Pourquoi cette escalade dans l'horreur, à votre avis?

— C'est assez simple, les Israéliens ont peur. Et ils sont armés jusqu'aux dents. Quand des gens armés jusqu'aux dents ont peur, c'est toujours le pire qui arrive. Cela fait depuis 80 ans que les Israéliens nettoient les territoires palestiniens à leur façon, en multipliant les expulsions et expropriations violentes, les incursions militaires terrestres, les bombardements et autres tirs de missiles, les assassinats ciblés et j'en passe. Dans le but premier de forcer les Palestiniens à renoncer à leurs terres et à partir. Mais la plupart des Palestiniens n'ont pas renoncé. Les uns veulent juste rester chez eux et continuer à vivre, quand les autres sont devenus des combattants, prêts à venger leurs proches tués ou emprisonnés, et à récupérer ce qu'on leur a pris, quitte à se sacrifier pour leur patrie et à avoir recours à la violence pour ça. Les Israéliens s'en sont forcément doutés – résultat, ils sont arrivés au point où ils ne font plus aucune distinction, où tous les Palestiniens sont devenus des terroristes en puissance, sans exception, même les enfants; et où l'arme nucléaire serait presque devenue une option. C'est pour cela qu'ils détruisent tout, qu'ils bombardent délibérément des camps de réfugiés, des hôpitaux, des écoles – tout ce qui pourrait abriter des poches de résistance armées qu'ils voient comme de la terreur.

– Merci.

– Si vous voulez manger un morceau, vous devez montrer vos billets d'admission à une de ces jeunes femmes, là-bas. Elle vous conduira.

– Où est ce restaurant?

– C'est juste là, fit-il avec un geste assez vague.

Roxanne n'insista pas et s'éloigna. Elle rejoignit son père et son frère; son père avait entendu la conversation et pendant un instant, pensa lui aussi à aller poser des questions à un de ces soldats et lui dire sa façon à lui de voir les choses, comme il se l'était d'ailleurs promis. Mais il ne trouva toujours rien à dire ou à demander, rien en tout cas rien qui soit assez fort ou qui en vaille la peine.

Il avait déjà avisé deux jeunes femmes, petites et voilées, qui se tenaient devant un immense tas de décombres fumants. Le bâtiment, apparemment, avait eu moins de chance que la normale et avait eu droit à une copieuse ration de missiles et/ou de bombes qui l'avaient réduit en miettes, ayant fini par avoir raison de sa vaillance. Une troisième femme, voilée elle aussi, qui paraissait plus âgée, dévalait les décombres comme s'il s'agissait de volées de marches, et se planta, soudain immobile, à côté des deux autres. En plus du mini-bus Greyhound vers lequel la bonne femme s'était dirigée, plusieurs véhicules de l'armée étaient parqués, prêts à servir et à embarquer. Tous les autres mini-bus étaient déjà partis, preuve que la circulation battait déjà son plein dans le parc. Le taux de réussite aux tests avait dû être plus élevé ce jour que d'ordinaire.

Preuve aussi qu'il y avait bel et bien une attraction dans le secteur, à savoir ce fameux restaurant-mystère. Mystère car les

Motmotty avaient beau chercher, se retourner, creuser et fouiller des yeux tout ce secteur et ses alentours, ils ne voyaient absolument rien qui ressemblait de près ou de loin à un restaurant.

Ce fut alors qu'une des jeunes femmes plantées comme des statues, les interpella.

– Excusez-nous...!

Tom fut le seul à entendre cette voix, une petite voix sourde, monocorde. Il se retourna vers sa source.

– Vous cherchez le restaurant?

– Oui! fit Tom.

À ce moment seulement, Louis et Roxanne se tournèrent, Roxanne les vit et Louis comprit ce qu'elles faisaient là.

– Je vais vous conduire. Suivez-moi! leur dit-elle avec un signe de la main.

Comme si ça allait de soi, elle se mit alors à escalader le tas de gravats, à la grande surprise des autres, qui se regardèrent avec des yeux et des bouches ronds. La femme avait monté cinq « marches »; elle regarda en contrebas et vit les Motmotty, figés à leur tour. Elle sourit.

– C'est quand vous voulez! fit-elle, presque hilare.

Et elle reprit sa montée, avec une aisance d'habituée.

Les Motmotty, qui ne partageaient bien sûr pas cette aisance, durent attendre encore une bonne dizaine de secondes, le temps de prendre plus acte de la tâche qui les attendait. Quand ils virent que la jeune femme s'était de nouveau immobilisée trois « marches » plus haut et les attendait, ils s'y mirent, Roxanne en premier, qui n'eut pas grand mal à se hisser à mi-hauteur.

Elle redescendit, prit Tom dans ses bras et remonta, rejoignant la femme voilée. Bientôt Louis en fit autant.

– Bien, dit la femme.

– Où est le restaurant? fit Tom.

– Suivez-moi et vous le verrez, répondit-elle.

Ils n'étaient qu'à environ le quart de la hauteur totale du tas de gravats. Elle désigna une espèce de cavité dans ce tas; elle s'y dirigea en grimpant une autre « marche » qui aboutit à une espèce de niveau aménagé. Roxanne lâcha Tom sur ce niveau, puis elle s'y hissa, imitée par son père, et ils se retrouvèrent dans la cavité.

Une fois à l'intérieur, ils durent cette fois descendre les gravats empilés les uns sur les autres, si bien empilés qu'ils ressemblaient à de simples marches de pierre rêche, terreuse, un rien glissante. Le « plafond » lui-même ne ressemblait à rien d'autre. On aurait dit un passage creusé à l'intérieur même de ces décombres, mais sans toute la main-d'oeuvre, tout l'attirail ou les grosses machines nécessaires. Un sentier qui s'était comme formé au petit bonheur la chance, par la grâce d'un éboulement interne, aussi hasardeux que bienvenu, et réussi sans aucun plan ni calcul.

Cette espèce de grotte-tunnel finit par déboucher sur ce fameux restaurant, qui se trouvait à l'origine dans le premier sous-sol du bâtiment. Il y était maintenant comme coincé, même s'il y avait une sortie. En fait de restaurant, les Motmotty découvrirent une grande salle totalement défoncée, aux murs décorés de trous béants, quand ils n'avaient pas tout simplement disparu; le plafond, qui avait cédé sous la violence des bombardements et le poids des décombres, ne tenait que par une seule poutre brisée en deux, qui menaçait dangereusement de céder et de provoquer l'effondrement et l'ensevelissement généraux de toute la structure ou ce qui en restait. Le sol, défoncé, sillonné de larges fissures, était jonché d'ordures et de gravats mêlés en une assez immonde tambouille difficilement soutenable à l'œil comme à l'odorat. La salle n'était éclairée que par intermittence, par deux néons faiblards et cassés, dont l'un pendouillait tristement par ses fils tel un cadavre; ce qui rajoutait du stress à un ensemble déjà peu ragoûtant.

Malgré tout, il y avait du monde dans la salle, qui ne manquait pas d'animation; de nombreuses tables et chaises en bois, dont certaines étaient branlantes ou brisées, gisaient par terre mais d'autres étaient bien debout et étaient occupées par des clients, dont certains riaient ou flirtaient comme s'ils étaient en pleine lune de miel.

– Nous y sommes, dit la jeune femme. Vous voulez une table?

A peine eut-elle prononcé ces mots qu'un couple de clients s'amena derrière eux. Roxanne vit non sans agacement qu'il s'agissait de la bonne femme pleurnicharde et de son 'chéri'. Elle avait apparemment changé d'avis, décidé qu'elle avait faim ou soif et de se restaurer, avant d'aller faire changer ou laver sa robe qu'elle portait en travers de son bras. Mais l'ascension puis la descente des gravats l'avaient laissée en nage, son maillot de corps blanc avait viré au gris charbonneux et elle détestait transpirer; elle rouspétait.

Les Motmotty attrapèrent la perche tendue et les laissèrent passer devant. La jeune femme qui avait amené les deux pseudo-tourtereaux, remit debout une table puis deux chaises; elle les fit asseoir et s'en alla par où elle était venue.

Puis rien ne se passa. Les Motmotty attendirent.

— Vous voulez une table? répéta la femme, qui n'eut aucune réponse.

Au bout d'un petit moment, comme toujours rien ne se passait, Roxanne demanda:

— Il n'y a pas de service?

La bonne femme semblait se poser le même genre de question, au moment où elle finit par exploser:

— Hé! S'il vous plaît? Garçon?

Autour d'eux, les clients attablés les regardaient, certains souriaient.

L'un d'eux finit par se lever et s'approcher de leur table. Un type sommairement habillé.

— Où est la carte de menu? demanda la bonne femme.

— De menu? fit-il, l'air interloqué.

– Vous êtes serveur, non? demanda le 'chéri'.

– Si vous êtes serveur, que faites-vous assis, en train de manger? renchérit brutalement la bonne femme.

– Serveur, moi? fit le type. Mais je ne suis pas serveur. Je suis client, comme vous.

– Où est le service?

– Service? Quel service?

Là-dessus, il jeta un œil par-dessus son épaule. Les clients riaient doucement, il partageait leur hilarité.

Puis il retourna la tête vers ses deux « clients », redevenu soudain aussi sérieux qu'un pape.

– Mais enfin, où sont les serveurs? dit le 'chéri'.

– Il n'y a pas de serveur, répondit le client prévenant.

– Et qui prépare les plats?

– Des plats cuisinés? Il n'y a pas de cuisinier.

– Quoi? fit la bonne femme outrée. Qu'est-ce que ça veut dire? Vous vous moquez de nous?

– Pas de carte de menu, non plus.

Il se retourna de nouveau. Tous les autres

clients attablés étaient pliés en deux, maintenant. Même s'ils étaient toujours silencieux.

Puis il revint vers les deux cas.

— Regardez autour de vous. Vous voyez quoi? Un restaurant totalement détruit, enterré sous les décombres.

— Oui, et alors? fit la bonne femme avec un haussement d'épaules.

— Et alors? (Le type ouvrait des yeux ronds.) Vous croyez qu'on peut servir des plats cuisinés dans un endroit pareil?

Ils ne répondirent ni l'un ni l'autre. De derrière, deux éclats de rire se firent entendre.

— Moi aussi, au début, je ne comprenais rien. Pourtant ça saute aux yeux. Il n'y a plus de personnel, ils sont tous morts.

— Morts? Pardon?

— Façon de parler. Vous pouvez manger et boire des trucs sur le pouce, mais si vous voulez des plats cuisinés, il faudra les préparer vous-mêmes.

Ils le regardaient comme s'ils avaient affaire à un dingue. L'autre continuait, imperturbable:

— La cuisine, ou ce qui en reste, est là-bas, dit-il en pointant un doigt. Bonne chance.

Il retourna à sa place. Les autres furent

tentés de l'applaudir mais s'abstinrent de justesse, par politesse. Eux aussi, étaient tous passés par cette phase d'initiation brutale. Ils étaient donc mal placés pour se payer la tête de ceux qui suivaient.

Sans le faire exprès, les Motmotty étaient donc devenus une exception; ils avaient suivi la scène bouche bée, en se demandant s'il fallait en rire ou en pleurer.

– Vous voulez une table? lança de nouveau la jeune femme voilée.

Cette fois, les Motmotty entendirent et Louis lâcha un "oui" peu convaincu.

Elle hocha la tête et passa devant eux, se dirigeant du côté droit de la salle; ils la suivirent, passèrent entre deux rangées de tables partiellement occupées et la virent remettre debout une petite table ronde, dont un des pieds était cassé et qui se mit donc à tanguer désagréablement.

Puis elle ramassa trois chaises déglinguées, couvertes d'une grosse couche de poussière de plâtre, de béton et de mortier, dont une partie coula au sol et qu'elle n'essuya que très négligemment; elle les plaça non sans peine autour de la table et s'en alla sans dire un mot, sans leur adresser le moindre signe, rien du tout.

Louis et ses deux enfants restèrent interdits, le temps d'une demi-douzaine de secondes. Le seul côté positif de ce « restaurant » était qu'ils n'auraient probablement pas à y laisser leur monnaie. Oui, mais même s'ils avaient à le faire, ils paieraient pour quoi? Ils savaient déjà qu'il n'y avait aucun service. La table devant laquelle ils se tenaient, était crasseuse, parsemée de taches de graisse noircies par la poussière. Et elle penchait très nettement d'un côté, semblant attendre qu'on la touche pour s'effondrer dans la seconde.

Ils se résignèrent à prendre le risque et à essuyer leurs sièges avant de prendre place, avec précaution. Sauf Roxanne qui dit:

– Je vais voir ce qu'il y a dans la cuisine, je reviens dans cinq minutes.

Elle s'éloigna derechef et se retrouva vite dans la « cuisine » qui, comme le client l'avait bien précisé, était dans un état épouvantable. La plus grande partie de la pièce avait d'ailleurs disparu, obstruée par l'effondrement du plafond. Le reste ne ressemblait qu'à un gigantesque amas de tôles tordues et rouillées, dans lequel les souris et les cafards trouvaient un bonheur certain, sans y pulluler pour autant; elle vit plusieurs souris détaler à sa vue puis, pour certaines d'entre elles, s'immobiliser, se retourner et sembler l'observer. Mais il y avait là aussi du monde, affairé tant bien que mal autour des grandes tables moisies. Des clients, des citadins habillés comme tels, sans blouses blanches, les uns qui épluchaient des fruits ou des patates, qui touillaient des quelconques mélanges dans des récipients; les autres qui décoraient des plats prêts à être consommés.

Il y avait trois réfrigérateurs mais un seul semblait en état de marche; plusieurs personnes se bousculaient devant la porte ouverte. Elle se planta devant un autre de ces frigos, et avant que les personnes présentes aient pu l'avertir, l'ouvrit; la puanteur qui s'en dégagea d'un coup, sembla la cogner au visage et elle faillit s'évanouir. Elle se détourna brusquement et porta les deux mains à ses narines, le visage tordu.

– Hé! lui cria le client le plus proche. Fermez-moi ce frigo pourri, bon Dieu!

Elle ne se le fit pas dire deux fois et le ferma tout de suite.

– Désolée, finit-elle par dire.

– Tenez, prenez ça, dit-il en lui lançant une bouteille. Ça vous aidera à vous remettre d'aplomb vite fait.

Puis il retourna à son ouvrage.

Roxanne ouvrit ce qui ressemblait à une bouteille de Fanta miniature. Elle en renifla le goulot, méfiante. L'odeur sucrée la revigora immédiatement.

– Ce n'est que du jus d'orange, dit le type qui s'était de nouveau retourné. J'en ai déjà pas mal. Chopé dans ce frigo, là-bas, fit-il en désignant du bras l'appareil devant lequel était toujours massée une petite foule remuante. En réalité, ce n'est pas un frigo. Plutôt une espèce de monte-charge. La bouffe vient de la zone active, ils l'expédient directement ici.

– Je vois. Merci, dit-elle. (Elle prit une prudente gorgée. C'était un jus d'orange des plus basiques, largement suffisant pour étancher une soif qui commençait à poindre.)

– A votre place, je me dépêcherais d'aller me servir, conseilla le type. Le plein n'est fait que tous les trois quarts d'heure. Et ils coupent souvent le courant.

– Comment ça?

– Ils s'amusent, se contenta-t-il de répondre.

Une femme plantée à ses côtés, sans doute son épouse, se retourna à son tour et, tout sourire, compléta à sa place:

– Ne l'écoutez pas, il exagère. Dans leur volonté de reproduire le mieux possible les conditions de vie actuelles à Bagdad, Gaza ou Alep notamment, ils coupent souvent l'électricité. Quand ça arrive, il y a un système d'éclairage alternatif qui fait qu'on peut continuer à cuisiner, vu que les plaques marchent au gaz; mais il n'est pas possible d'ouvrir la porte du monte-charge.

– Allez donc vite prendre ce qu'il y a encore à prendre, avant que ça n'arrive, dit son compagnon.

Roxanne hocha la tête, puis elle se précipita vers l'ouverture tant convoitée; elle ajouta bientôt ses fesses penchées à celles déjà agglutinées devant le monte-charge ouvert. Et elle passa ses mains à l'intérieur, qui était éclairé et se vidait rapidement, ce qui n'était pas une surprise. Mais elle remarqua que – et fort heureusement –, les autres femmes s'intéressaient d'abord à ce qui nécessitait une cuisson. Elles tenaient vraiment à jouer les cordons bleus et à mitonner un repas classique dans ce taudis infect, cette cuisine complètement démolie, rouillée de partout et infestée de vermine! Le fait que ce restaurant soit vraisemblablement le seul dans le parc n'expliquait pas tout. Elles laissaient donc le reste; la surprise passée, Roxanne n'eut qu'à faire la cueillette.

Une minute lui fut nécessaire pour rembourrer le creux de ses bras, et elle quitta la cuisine sans grand regret. Elle revint à leur table et y déposa son butin: surtout des fruits et des boissons. Quelques boîtes de conserve, trois ou quatre paquets de divers biscuits ou gâteaux.

— C'est tout? fit Tom.

— C'est tout, lui répondit Roxanne d'un ton espiègle.

— Rien de chaud, de préparé? interrogea Louis.

— Non, désolé.

— Je croyais que tu aimais faire la cuisine.

— J'adore ça. Mais pas dans ce genre d'environnement. Pas dans ces conditions.

— Comment est la cuisine? fit Tom.

— Devine.

— Est-ce que tu as vu s'ils ont une friteuse? Tu sais que j'adore les frites.

Roxanne lui sourit et se pencha vers lui avant de lui dire, d'un ton très mère-poule:

— Écoute, mon petit. Je n'ai pas vu de friteuse mais même s'ils en ont une, je suis sûre qu'il y a des cafards dedans.

– Tu en as vu? fit Tom sans pouvoir retenir une moue de dégoût, les yeux arrondis.

– Un certain nombre.

Elle songea alors à la bonne femme, leva la tête et vit qu'elle avait disparu. Pour la première fois, elle la comprenait. Un minimum.

Tom venait d'ouvrir un des paquets de gâteaux lorsqu'il sentit une légère poussée au niveau d'un de ses pieds, sous la table. Il passa une tête vers le sol... et lâcha un bref cri de terreur.

Un énorme rat venait de surgir de dessous la table. Au son du cri juvénile, loin de détaler, l'animal s'immobilisa, se tourna légèrement et leva vers Tom des petits yeux interrogateurs.

Tom le chassa alors du pied; le rat, terrifié, détala pour de bon, avec un bref cri aigu, et alla se blottir contre la jambe d'un des clients assis dans la rangée suivante. Celui-ci ne fit rien pour s'en débarrasser.

– Excusez-le... dit-il en souriant aimablement. On ne vous a pas mis au courant?

– Au courant de quoi? fit Louis d'un ton aigre.

– Ce rat est la mascotte de ce resto de merde. Il est totalement inoffensif. Il est juste à l'affût de tout ce qui pourrait tomber de nos tables.

— C'est de la bonne vermine, qui soigne son alimentation, lança un type assis de l'autre côté de la salle, la bouche pleine; et il partit d'un rire gras.

La compagne du premier client, assise en face de lui, enchaîna:

— Vous vous êtes installés sans demander de service, nous pensions donc que vous étiez déjà au parfum, dit-elle.

— Nous n'étions au parfum de rien du tout de ce genre.

— La gosse voilée qui vous a amenés ici, a dû oublier de vous renseigner.

— Elle a un nom, votre mascotte? fit Roxanne.

— Vous n'allez pas le croire, mais oui, dit la femme. Connaissez Tom et Jerry?

— Évidemment, dit Tom un peu outré.

Il l'était même tellement qu'il fut à deux doigts de lâcher son prénom.

— Ce rat, c'est Jimmy, dit son comparse. (L'animal était toujours blotti contre sa jambe, tout tremblant.) Soit Jerry la souris, en plus gros. Et sans rien pour le courser.

— Sauf peut-être un gosse, lança un plaisantin.

Ils éclatèrent tous de rire. Sauf les Mot-motty, qui ne trouvèrent rien de drôle.

– Je veux m'en aller, dit Tom.

– On s'en va, dit Louis.

A peine trois minutes plus tard, ils étaient dehors avec leurs maigres victuailles, que Tom avait placées dans son cartable.

REFUGEE CAMP
Black River
BLACK DESERT
Gulf of Mexico
Black Beach
N.E.
E. Gates
S.E.
S.
RESTAURANT
JIHADI TRAINING CAMP
POLICE STATION

Dans les deux minutes qui avaient suivi, ils s'étaient retrouvés à l'intérieur d'un mini-bus Greyhound, lequel avait pris la direction du centre commercial.

Ce véhicule civil ne procura pas un changement radical, par rapport au camion de l'armée. Il était certes confortable, nanti de sièges de velours moelleux; seulement, il était encore moins taillé pour ce genre de parcours, à travers une zone de guerre et de destruction, créée puis laissée telle quelle par une armée d'invasion. Le sentier qu'il suivait, même creusé et fabriqué au petit bonheur, entre les gravats et autres immondices, restait fort peu commode à la conduite. Les passagers, nombreux, prenaient ce nouveau calvaire avec philosophie, du mieux qu'ils le pouvaient. Aucun d'eux n'aurait pu faire ce trajet à bord d'un tank ou d'un char, lequel aurait été plus commode mais n'aurait pas permis la vision du panorama extérieur; aucun d'eux n'aurait accepté de le faire.

Mais dans le même temps, peu d'entre eux goûtaient ce même panorama, déprimant à en mourir. Les fantômes ne faisaient que succéder aux fantômes, sous forme soit de tas de décombres impitoyablement entassés qui débordaient sur les sentiers jusqu'à les boucher, et rendaient toute circulation, même piétonne, si compliquée que les gens préféraient rester cloîtrés chez eux, dans leurs taudis pourtant inhabitables; de bâtiments en sursis, sans fenêtres, certains si gravement touchés qu'on se demandait comment ils tenaient encore debout; ou d'innombrables vagabonds en haillons, parmi eux pas mal d'enfants, et dont beaucoup claudiquaient si sévèrement qu'ils semblaient sur le point de tomber à chaque pas.

Louis et Roxanne savaient très bien que l'ensemble n'était qu'un parc à thème; que tout ce tableau n'était qu'une reconstitution, que tout était reproduit sinon simulé, que tous ces clochards « importés » des zones occupées jouaient leurs propres rôles et qu'ils étaient vraisemblablement payés pour ça; Roxanne avait engagé avec son père une discussion à ce sujet, se demandant s'ils étaient mieux rétribués que les employés américains, notamment ceux affectés à l'accueil et à la sécurité, au niveau des portes d'entrée. Si tel était le cas – ce qu'elle soupçonnait – alors la grogne de ces employés, leur mauvaise humeur, s'expliquait en partie.

Louis se garda de développer, ou alors il le fit à part lui; se demandant pourquoi, si tel était le cas, les soldats et les chauffeurs de mini-bus, qui étaient aussi des employés, qui plus est bien plus actifs que leurs collègues matons et hôtesses, semblaient ne pas prendre cette question à cœur, jusqu'à en faire totalement abstraction. Leur attitude très normale trahissait un net détachement. Mais il préféra ne pas pousser plus loin sa réflexion, ne tenta pas d'y trouver une réponse, considérant que cela ne lui importait pas ou ne le regardait en rien. Roxanne, elle, le fit; peut-être étaient-ils les mieux rémunérés, ce qui était hautement improbable. Ou peut-être, tout simplement, parce qu'ils étaient sur le terrain, qu'ils y crapahutaient pendant de longues heures, en tant qu'adultes aguerris et réceptifs; qu'ils avaient par conséquent une approche plus réaliste de ce qu'était la vie dans une zone de guerre; à leurs yeux, ces gens, qui avaient déjà tous durement morflé pendant l'invasion barbare et crapuleuse de leurs pays, n'avaient pas volé leur mini-traitement de faveur, donc pas de quoi en faire un pataquès. Ces employés affectés aux entrées – notamment cette hôtesse mal éduquée ou tout simplement aigrie, à qui elle avait eu affaire – et qui non seulement ne voyaient donc rien ou pas grand-chose de ce qui se passait dans le parc, mais semblaient s'en ficher pas mal, tout comme ils devaient pas mal se ficher de ce qui se passait dans les vraies zones occupées, étaient à son avis symptomatiques de ce dialogue de sourds entre l'Occident et l'Orient sur la question des conflits au Proche et au Moyen-Orient; les Occidentaux, du haut de leur super-puissances économiques, gardant obstinément les yeux fermés sur les atrocités qu'ils allaient commettre dans ces contrées, et refusant d'en assumer la responsabilité, jusqu'à éviter de trop y promener leurs caméras de télévision; préférant se replier sur eux-mêmes, dresser un mur et rejeter la faute sur ceux qu'ils attaquaient, et qu'ils qualifiaient aussitôt de « terroristes » quand ils osaient résister ou riposter par des actions violentes... ou seulement s'affirmer en tant qu'êtres humains.

La seule différence, non négligeable, était que les rapports semblaient ici inversés, les Américains – ceux employés à l'extérieur des grilles – tenant plus des rôles de subalternes chez eux, au sein de ce parc à thème, au détriment d'étrangers qui à leurs yeux faisaient figure non seulement d'« indigènes » mais aussi d'ennemis en puissance, et qui devraient donc tenir ce genre de rôle. De là à ce qu'ils fassent grève, il n'y avait pas loin; seulement le parc était à but non lucratif, ils savaient donc que s'ils en venaient là, ils seraient virés et rapidement remplacés, d'où leur aigreur multipliée par deux.

Roxanne tourna la tête. Cela faisait depuis un moment qu'elle avait remarqué un type assez maigre, assis une rangée derrière elle mais de l'autre côté de l'allée centrale; nerveux, il jouait avec son manteau dont il tripotait la base. Le type regardait vers l'extérieur mais son reflet dans la vitre semblait la sonder du regard, et elle détourna brusquement les yeux.

Le type, qui l'avait vue se détourner, en profita pour baisser de moitié la fermeture-éclair de son manteau. Assez pour que l'objet qu'il portait soit suffisamment visible. Il ne bougea plus mais continua à tripoter le bas de son manteau.

Une attitude aussi ouvertement suspecte ne crève pas les yeux tout de suite. Sauf quand l'objet de la suspicion est visible à dix mètres. Une jeune femme, plus jeune que Roxanne et qui était placée juste derrière elle, remarqua la chose et, devinant instantanément de quoi il s'agissait, se mit à hurler de terreur, si fort que tous les passagers sautèrent sur leurs sièges, sans que les cahots du véhicule n'y soient pour quoi que ce soit.

Le bus stoppa brutalement et tous, le chauffeur y compris, se tournèrent vers la fille qui hurlait toujours, le doigt pointé. Ils suivirent la direction du doigt, et c'est alors que plusieurs types, à l'avant comme à l'arrière du véhicule, dégainèrent des revolvers qu'ils semblèrent d'abord braquer les uns sur les autres.

— La ferme! aboya l'un d'eux, posté à l'arrière du bus.

La fille la boucla dans la seconde, mais son bras était toujours frénétiquement tendu.

— Pas un geste! beugla un autre, qui était à l'avant.

Ils commencèrent à s'avancer; plus ils progressaient, plus leurs canons convergeaient vers le gars à la fenêtre, qui paraissait très tranquille.

– Pas un geste! répéta l'autre, bien inutilement.

– Levez les mains! fit un troisième.

– Montrez-nous vos mains! Paumes tournées vers nous!

– Plus vite que ça! Eloignez vos paluches de votre veste!

– On se dépêche!

Le gars obéit, sans y mettre beaucoup de bonne volonté. Il ne leva que très lentement les bras. Paumes tournées vers le type devant lui, qui lui en avait donné l'ordre.

– Parfait! Ne bougez plus!

L'un des gars armés s'avança alors, lentement, et de la pointe de son arme, écarta les pans du manteau du suspect, tout en en descendant la fermeture-éclair.

La ceinture explosive se révéla ainsi, impresssionnante, réglée comme du papier à musique. Semblant n'attendre que le premier mouvement pour sauter et emporter tout et tout le monde avec elle.

– La vache! grogna le gars, en s'écartant brusquement.

Un autre sortit un talkie-walkie et parla rapidement. Il fut obligé de recommencer, plus doucement, l'autre au bout du fil n'ayant rien pu saisir.

Il rengaina son appareil et ils durent attendre ainsi, haletants, figés dans leurs postures – sauf la fille qui avait fini par baisser son bras.

Les Motmotty n'en revenaient pas. Le temps s'était comme arrêté, ils n'avaient donc pas le temps de réfléchir. Comme lors de cette séance spéciale dans ce centre d'évaluation, ils s'étaient retrouvés de nouveau en plein cœur d'un acte kamikaze, et tout était arrivé à une vitesse folle. Même si Roxanne avait rapidement repéré cet individu, elle avait été loin de se douter qu'il portait une ceinture.

Une minute, qui en avait paru dix, et pendant laquelle personne à l'intérieur du véhicule, pas même les types armés, n'avait osé tousser ou bouger un cil, venait de passer quand une voiture de police déboula de nulle part avant de s'arrêter devant le bus; puis trois hommes, trois policiers en uniforme, en sortirent et firent irruption à l'intérieur, leurs armes pointées. Ils prirent rapidement les commandes.

— Les mains sur la tête! aboya l'un d'eux.

Le kamikaze obéit; ils s'emparèrent alors de lui et l'expédièrent à genoux dans l'allée centrale, sans brutalité. Ils lui enlevèrent son manteau, examinèrent rapidement la ceinture... et deux des policiers l'emmenèrent. Avec des pincettes.

Le troisième regarda autour de lui. Ses yeux finirent par se fixer sur l'un des passagers.

— Vous, dit-il en levant son arme. Vous venez aussi.

— Pardon? répondit le passager en question.

Ce passager n'était autre que... Roxanne!

— Oui, vous. Vous êtes en état d'arrestation.

— Ah oui? ne put-elle que répondre. Je peux savoir pourquoi?

— Ma fille, en état d'arrestation? s'écria Louis scandalisé.

— C'est votre fille? fit le flic.

— Exactement! Et vous ne l'emmenez nulle part sans moi.

— Elle est en état d'arrestation...

— Vous ne seriez pas plutôt en état d'ébriété? lança Roxanne.

— ... mais si vous voulez, poursuivit le flic

sans paraître avoir entendu, puisque vous êtes le père, on peut vous embarquer à sa place.

— Vous n'embarquez personne, ni elle, ni moi! jacta Louis. Nous n'avons rien fait!

— Nous pouvons en discuter au commissariat.

Cette dernière phrase venait d'un des deux autres flics, qui venait de revenir dans le bus. Son arme, elle aussi, pointée. Sur Roxanne.

— Très bien, céda-t-elle.

— Non! fit Tom qui depuis le début, n'avait pas bougé d'un pouce, comme pétrifié.

Les deux flics tournèrent leurs têtes vers lui.

— Ce n'est pas le genre de spectacle à montrer à un enfant! lança un passager.

— Les mains derrière la tête, mademoiselle! fit un des deux flics avec un petit rictus amusé. Dépêchons!

Elle se résigna à obéir, l'un d'eux la prit par le bras et ils l'emmenèrent. Sous les yeux incrédules, abasourdis, de son père, et surtout de Tom qui se mit à pleurer.

— Roxy! criait-il. Roxy!

— Continuez votre route, comme prévu!

ordonna l'un des deux flics au chauffeur, avant de sortir.

Ce ne fut que pendant le trajet à l'arrière de cette voiture de police, que Roxanne se rappela qu'elle était dans un parc à thème. Que tout n'était que reproduction, reconstitution, simulation. Elle comprit donc que ce kamikaze dans le bus était aussi un employé, et que sa ceinture explosive n'était qu'une imitation. Mais tout ce qui l'entourait, tout ce qui lui arrivait lui paraissait si réaliste, suffisamment en tout cas pour le lui faire systématiquement oublier.

Comme cette arrestation, même si elle lui semblait totalement fantaisiste, farfelue. Ces policiers l'avaient plaquée contre le capot de leur voiture et lui avaient passé les menottes aux poignets, mais ils ne lui avaient toujours pas précisé ce qui lui était reproché. Cela faisait probablement partie du processus; les arrestations arbitraires, sans motif valable, étaient monnaie courante dans les zones de guerre contrôlées par les Occidentaux. Pour un oui ou pour un non, on se retrouvait en prison; les moins chanceux finissaient ailleurs.

Elle devait reconnaître qu'ils étaient très

forts. Leur volonté de reproduire ce qui se passait dans ces zones, et de le faire avec le plus de réalisme possible, était si poussé que même les plus fervents supporters du bombardement à volonté et de la guerre à outrance pouvaient y perdre leur latin, sinon y laisser toutes leurs certitudes les plus solides. En ce qui la concernait, ça ne faisait que la renforcer dans les siennes.

Elle se demanda malgré tout pourquoi on l'avait « arrêtée ». Sans trouver d'explication plausible.

Le véhicule quitta progressivement la zone démolie proprement dite et pénétra dans ce qui pouvait passer pour une ville fantôme, même si elle ne manquait pas d'animation – ou plutôt, il n'y en avait pas assez. Il y avait de la circulation routière (surtout militaire et policière), mais pas assez; il y avait du monde sur les trottoirs, mais pas assez; il y avait des restaurants et d'autres établissements de vente ouverts, mais pas assez; en fait, beaucoup trop montraient rideaux baissés et portes closes. La voiture roulait désormais sur du vrai bitume, qui l'espace d'un instant parut surnaturel à Roxanne; le tableau lui sembla sortir tout droit d'un rêve éveillé ou d'un monde parallèle, malgré la grisaille toujours aussi pesante. Le changement avait été trop brusque, trop rapide, trop radical.

Hormis le flic qui conduisait, elle était seule dans la voiture. Les deux autres policiers avaient emmené le kamikaze ailleurs, avec des pincettes toujours plus grosses, évitant de brutaliser leur prisonnier, se contentant de garder ses mains soigneusement éloignées du déclencheur. Du moins, c'était tout ce qu'elle avait pu voir avant qu'ils ne disparaissent de son champ de vision.

Le flic prit deux tournants avant de finalement s'arrêter devant un immeuble d'aspect moderne mais qui se détériorait visiblement. La double-porte d'entrée, dont le bois s'était entièrement écaillé et se fendillait en de nombreux endroits, avait perdu ses carreaux, qui n'avaient pas été remplacés depuis longtemps. Toute la façade, dans sa partie inférieure, était maculée de crasse noire et barrée de graffitis indéchiffrables, probablement hostiles à l'Occident mais aussi à un certain pouvoir en place, et que personne ne voulait se donner la peine d'effacer, à moins que les nettoyeurs requis pour ce travail n'aient subi l'invasion de manière trop sanglante pour pouvoir le faire. Les fenêtres, à tous les niveaux, étaient couvertes d'une poussière grisâtre, sur toutes leurs surfaces, à un point tel qu'il était impossible de distinguer quoi que ce soit derrière, y compris des rideaux. Au niveau du rez-de-chaussée, ces mêmes fenêtres étaient munies de barreaux mangés par la rouille, et dont certains s'inclinaient déjà nettement, prêts à dégringoler au premier coup de main.

Le flic arrêta le moteur, descendit de voiture et fit sortir Roxanne avant de la faire rapidement entrer dans l'immeuble – un **commissariat.**

L'intérieur grouillait de monde, surtout des policiers en uniforme qui trimballaient leurs prises menottées et gesticulantes, lesquelles braillaient, protestaient et gémissaient dans des mélanges confus d'anglais, d'arabe et de persan. Comme ils n'arrivaient que très rarement à se faire comprendre, et les interprètes et autres traducteurs – quand il y en avait sur les lieux – ne pouvant pas être partout à la fois, cela aboutissait à un inévitable dialogue de sourds. Devant l'ampleur de l'affluence et du chahut, Roxanne songea non sans amusement que s'il n'y avait presque personne dans les rues, c'était peut-être parce que presque tout le monde s'était fait arrêter.

Le policier amena Roxanne devant le guichet principal, derrière lequel étaient assis deux hommes, l'un occidental, l'autre oriental. Tous deux plongés dans d'épais dossiers.

— Ted? fit le flic. (N'ayant pas de réponse du flic occidental, il remit ça:) Ted!

— Qu'est-ce que tu veux, Jos? lança le flic nommé Ted, sans lever la tête.

— J'ai amené la suspecte.

— Quoi?

— La suspecte!

— Quelle suspecte?

— Tu le sais très bien, arrête ton char!

Tête toujours baissée, Ted fronça les sourcils; puis il leva un œil, vit Roxanne et se figea sur place.

— Hein? C'est elle? s'écria Ted, incrédule.

— Oui, c'est elle, dit Jos. Roxanne Mot-motty.

— Quelqu'un pourrait m'expliquer ce qu'on me reproche? lança soudain Roxanne, exaspérée.

— Comment, on ne vous l'a toujours pas dit? lui demanda Ted.

— Demandez ça à votre collègue, dit-elle

en désignant Jos de la tête. C'est lui qui m'a arrêtée, dans ce bus, et sous les yeux de ma famille. Sans jamais rien me dire.

Ted se gratta l'arrière du crâne, l'air à la fois déconcerté et embêté. Semblant se dire que ce n'est pas tous les jours qu'un sujet occidental, qui plus est une jeune femme blanche, se fait arrêter comme ça, sans motif.

— Je vois. Eh bien... (Il poussa son pavé de côté, ouvrir un tiroir et en tira un autre dossier, qui se résumait à trois ou quatre feuilles.) Heu... c'est en rapport avec les tests, que vous avez subis ce matin.

Roxanne frémit. Elle aurait dû penser à cette éventualité plus tôt.

Elle ne répondit rien, attendant ce qui allait suivre.

— Apparemment, il y a un problème, poursuivit Ted. Vous n'avez pas échoué, mais vous avez répondu à certaines questions de façon plutôt spéciale et inattendue.

— Ah oui? fit Roxanne. Comment ça?

— De ce fait, même si vous n'avez pas échoué, certaines personnes considèrent que vous n'auriez pas dû être admise.

— Ah bon?

— Oui. Mais vous n'êtes pas venue seule,

il y avait même un enfant avec vous, donc... ils ont bien voulu faire une exception.

– En deux mots, qu'est-ce que ça veut dire? Que vous voulez m'expulser du parc maintenant?

– Non, pas du tout. Nous avons décidé de vous faire visiter cet endroit.

Roxanne le regardait sans comprendre, sans rien dire, attendant la suite.

– Voyez-vous, ce commissariat fait partie des attractions de ce parc. Mais seuls ceux qui se font arrêter, sont en mesure de le visiter.

– Je ne comprends toujours pas. J'ai donc été arrêtée, uniquement parce que j'aurais échoué à vos tests?

– Encore une fois, vous n'avez pas échoué aux tests.

– Mais qu'est-ce que vous me reprochez, alors? Allez, videz votre sac, venez-en au fait! Dépêchez-vous, mon petit frère a besoin de moi!

– Ne vous en faites pas. Vous le reverrez, votre petit frère.

– Mettez-la en musique et finissons-en. Je n'ai pas toute la journée.

Ted lui sourit.

– D'après certaines de vos réponses, il a

été décidé que vous aviez le profil d'une terroriste.

— Comment? s'écria-t-elle, ulcérée. Je serais une terroriste? Moi?

— Calmez-vous. Je n'ai pas dit que vous êtes une terroriste, mais que vous en avez le profil.

Soufflée, abasourdie, Roxanne laissa passer un moment. Avant de reprendre une partie de son calme et de lancer:

— Si j'ai un tel profil, que pensez-vous de Bush, de Sharon et consorts, qui larguent des tapis de bombes sur les gens et détruisent des pays entiers, uniquement pour du pétrole? Ils ont quel profil, d'après vous?

— Ils ont le profil de gens qui sont au pouvoir, répondit Ted, et qui peuvent donc tout se permettre.

— Exactement.

— Du coup, comme ils tiennent tous les tribunaux, ils ne sont pas considérés comme des terroristes, et ne sont jamais poursuivis. Contrairement aux pays qu'ils attaquent et qu'ils bombardent, ceux qui ne disent pas merci et se permettent de répondre.

— D'accord. Je peux savoir quel genre de réponse m'a valu ce genre de profil?

Ted compulsa le dossier-jouet.

– A la question "Selon vous, quel(s) pays est ou sont à l'origine des attentats qui ont frappé les Etats-Unis d'Amérique ce fameux 11 septembre 2001?" Vous avez répondu, les Etats-Unis.

Roxanne ne dit rien.

– Ce n'était pas la meilleure réponse à donner, évidemment. C'était même la plus mauvaise.

– J'en conviens. Cependant, les terroristes n'ont pas pu apprendre à piloter ces Boeings ailleurs que sur le sol américain.

– Pas de polémique.

– Et où était la défense aérienne?

– S'il vous plaît. A la question "A la place du président Bush, de son vice-président et de ses conseillers, quel(s) pays auriez-vous attaqué(s)?" Vous aviez le choix entre l'Irak, la Corée du Nord, l'Iran, la Syrie, l'Afghanistan et l'Arabie Saoudite, et vous avez répondu, l'Arabie Saoudite.

– Oui, et alors?

– Ce n'était pas la meilleure réponse à donner, là non plus.

– Pourtant, les terroristes venaient de là-bas.

– D'accord, mais ils étaient cachés en Afghanistan.

– Ça ne justifiait pas qu'on bombarde ce pays et qu'on attaque l'Irak, sans jamais rien faire contre l'Arabie Saoudite.

– Vous comprenez mieux, pourquoi on vous a collé ce profil?

– Non. D'autres exemples?

– Bien sûr. Aux deux questions "Selon vous, le dictateur irakien Saddam Hussein possédait-il des armes atomiques?" ainsi que "Avait-il des liens avec l'organisation terroriste Al-Qaeda, et lui fournissait-il des armes?", vous avez répondu non. A la question "Selon vous, dans les années 80, les Etats-Unis ont-ils fourni des armes à ce même dictateur irakien, pour mieux combattre l'Iran contre qui il était en guerre?", vous avez répondu oui[1]. A la question "Selon vous, les Etats-Unis sont-ils allés en Irak pour le libérer du joug de ce dictateur, ou pour lui prendre son pétrole?", vous avez choisi la seconde option. A la question "Selon vous, quel président américain est responsable de l'émergence de l'Etat Islami-

---

1. C'est Donald Rumsfeld lui-même qui, en 1988, en tant qu'envoyé spécial de Ronald Reagan au Moyen-Orient, a fourni des armes chimiques à Saddam Hussein pour lui permettre de combattre l'Iran ainsi que la communauté kurde en Irak.

que, ou Daesh, en Irak et en Syrie?", vous avez répondu George W. Bush, alors que la bonne réponse est Barack Obama.

Roxanne ne dit rien. Mais elle eut une confirmation évidente, même pas une révélation; quelle que soit la question, et dans quasiment tous les cas de figure, la meilleure réponse à donner était un mensonge.

— Vous n'avez pas échoué aux tests, reprit Ted, chacun les passe et répond aux questions comme il l'entend. Mais nous pensons qu'il y a de la colère en vous, suffisamment pour qu'on s'attarde sur votre cas. Il suffit toujours d'un rien pour que cette colère vous fasse basculer dans autre chose. Vous le savez, vous voyez ce qui se produit régulièrement à travers le monde, tous ces attentats anti-occidentaux...

— Vous dites n'importe quoi, coupa Roxanne. Pour vous, le simple fait d'être non conforme passe pour de la colère, voire de la folie. C'est de la paranoïa.

— Ce n'est pas ce que je pense qui compte.

— Parce que je ne mens pas, j'ai le profil d'une cinglée?

— Oui et pour cette raison, nous allons vous garder ici un moment.

Avant que Roxanne ait pu répondre quelque chose, deux flics épais étaient apparus à ses côtés. Ted hocha la tête et ils l'empoignèrent.

– Hé... mais lâchez-moi! s'écria-t-elle.

– Emmenez-la, dit Ted. Comme elle est américaine, elle aura droit à notre suite royale, avec eau courante, chauffage central, matelas Bultex et tout le confort.

– C'est noté, fit l'un des deux bleus.

– Vous n'avez pas le droit! s'exclama Roxanne, alors qu'ils l'emmenaient.

– Malheureusement si, fit Ted.

Il paraissait sincèrement désolé, parce que cette fille lui plaisait bien. Elle avait du coffre.

Elle criait toujours, faisant plus de bruit que toute la populace présente, pendant qu'on l'entraînait vers l'arrière de la salle. Le monde s'était comme figé autour d'eux: tous, flics comme civils, s'étaient arrêtés dans leurs courses et avaient les yeux fixés sur le trio, mais Roxanne était trop occupée à japper et à se débattre pour le remarquer.

Non sans mal, les deux flics lui firent passer une porte et ils disparurent.

REFUGEE CAMP
Black River
BLACK DESERT
Black Beach
Gulf of Mexico
N.E.
E. Gates
S.E.
S.
RESTAURANT
JIHADI TRAINING CAMP
POLICE STATION

Cette porte menait vers une autre pièce, bien plus petite; une espèce de salle d'attente pour futurs taulards, qui sentait la sueur rance et les pieds sales. Sur deux côtés opposés, s'étendaient deux longs bancs sur lesquels étaient assis les taulards en question, qui étaient nombreux et contemplaient le plancher, l'air morne, désespéré. L'apparition de Roxanne, une Blanche, une Américaine qui s'était fait arrêter, ne provoqua aucun mouvement dans le tas; elle avait beau protester et gesticuler, pas un ne leva les yeux. Roxanne les remarqua et se calma d'un coup. Elle fut moins frappée par l'odeur que par la désolation qui émanait de chacun de ces gens. A ce moment, elle se sentit très proche d'eux. Elle avait l'impression de tous les connaître.

Les deux flics la guidèrent vers un autre guichet qui occupait tout un autre côté de la pièce.

L'un des deux bleus sortit un trousseau de clés et lui enleva les menottes.

– Papiers, objets de valeur... sur la table, dit l'autre flic.

Roxanne sortit son passeport d'une de ses poches, puis elle enleva son unique bracelet et un collier.

– La montre aussi, fit le même flic.

Elle enleva sa montre, lentement, et la posa sur la table.

Puis elle fut emmenée, pendant qu'un type calé de l'autre côté du guichet, fourrait le tout dans une enveloppe cartonnée. Il appuya sur un bouton, une autre porte s'ouvrit.

Ils parcoururent une demi-douzaine de mètres puis descendirent une volée de marches qui faisait un coude, et débouchèrent dans un long couloir rectiligne, brillamment éclairé, bordé des deux côtés de rangées de cellules fermées par des barreaux. Un nombre impressionnant de personnes, toutes orientales – irakiens, jordaniens ou autres –, y avait été bouclé comme du bétail. Tous portaient des guenilles crasseuses et malodorantes; tous la fixaient en passant, d'un œil absent, évaporé, pendant qu'elle était entraînée le long du couloir par les deux armoires à glace.

Ils arrivèrent à un endroit où deux cellules, sur le côté gauche, étaient séparées par une porte. L'un des deux flics l'ouvrit, ils la franchirent et parcoururent un corridor sombre, plus court, aux murs d'une brique grise et froide, et éclairée par des faibles torches fixées au mur.

Ils prirent alors à droite et s'arrêtèrent devant la première porte visible. Une porte de bois ovale, grise et poussiéreuse, enfoncée dans la brique grise. Le même flic se servit de son trousseau de clés pour l'ouvrir. La serrure grinça avant de céder totalement.

— Nous y voilà, fit l'autre flic. La suite royale de mademoiselle est avancée.

— C'est très aimable à vous, grogna-t-elle.

— Vous devez avoir un petit creux. Le goûter sera servi dans quelques minutes.

— A votre place, dit le flic au trousseau, je tâcherai d'en profiter un maximum.

Ils la poussèrent à l'intérieur et refermèrent rapidement la porte. La clé cliqueta désagréablement dans la serrure.

Roxanne examina l'unique pièce. Elle fut

tout de suite saisie par le froid sec qui y régnait. En fait de suite, c'était un cachot à peine plus grand qu'un cagibi. Il n'y avait pas de lavabo, pas de cuvette à chiotte, pas de chauffage; rien du tout, sinon une pauvre paillasse trouée qui gisait tristement dans le coin le plus sombre, tel un rat mort, et sur laquelle avait été balancées deux couvertures grises et malpropres, aussi légères que des feuilles volantes, mangées par les mites en plusieurs endroits, et qui sentaient la poussière moisie. Par endroits, les murs de pierre gris noirâtre, suintaient d'humidité malgré la sécheresse. Preuve qu'elle n'était pas la première à faire escale dans ce trou.

Une seule et unique fenêtre sans vitre, munie de barreaux, s'ouvrait timidement, à mi-hauteur, ne laissant passer la lumière de l'après-midi qu'avec parcimonie.

Elle resta debout pendant un long moment, essayant de faire le point. Elle savait très bien qu'elle se trouvait dans un parc à thème – elle se l'était rappelée pendant qu'on l'emmenait –, et qu'elle ne resterait donc pas longtemps dans ces oubliettes. Mais le fait qu'on lui ait parlé des tests et de la façon dont elles les avait passés, l'inquiétait. Etaient-ils prêts et décidés à la traiter comme une prisonnière de guerre?

Elle n'eut pas le temps de pousser ses réflexions plus loin; la serrure fit du bruit, et la porte s'ouvrit.

– Encore debout? lança une voix féminine.

Une femme passa une tête dans la pièce froide, puis elle y passa un bras qui tenait un petit plateau, et elle le posa à terre, à proximité de la porte.

– Nous vous conseillons de prendre ça et de vous allonger, fit la femme, plutôt jolie, pas plus de quarante balais, vêtue de son uniforme bleu de flic. Ce thé est chaud, fort et très bon. Un peu de repos ne vous fera pas de mal.

Elle disparut, la porte se referma, la serrure cliqueta, puis ce fut le silence.

Sur le plateau, hormis le thé, il y avait aussi quelques petits gâteaux. Elle en prit un, le renifla d'un air méfiant puis croqua doucement dedans. Trouvant cela loin d'être mauvais, elle l'engouffra entièrement.

Elle se retrouva vite avec le gosier sec, donc elle s'empara de la tasse de thé chaud; elle souffla doucement sur le liquide puis prit une petite gorgée.

A peine une minute plus tard, la tasse était vide. Elle avait aussi avalé tous les gâteaux secs, se servant du thé pour les faire passer.

Par la suite, elle s'avéra incapable de reprendre le cours de ses réflexions là où elle l'avait laissé. Elle ne pouvait de toute façon pas réfléchir normalement dans cette cage; à force d'essayer, elle finirait par broyer du noir, un noir aussi épais que celui qui y régnait malgré la timide lumière grise venant de l'extérieur; un noir qui lui tapait déjà sur les nerfs.

Elle se résigna donc à suivre la consigne de la femme en bleu, et de s'allonger; ce qui n'était pas une mince affaire, la paillasse posée à même le sol n'offrant aucun confort, même minimum. Les « couvertures » n'offraient aucune couverture digne de ce nom, et il n'y avait rien qui pouvait au moins faire office d'oreiller.

Malgré tout cela, il ne lui fallut qu'une vingtaine de secondes pour fermer les yeux et s'endormir.

Elle s'éveilla en sursaut, comme si un moustique énorme l'avait piquée au derrière. En fait, un signal d'alarme s'était comme déclenché dans sa tête, la tirant expressément de son sommeil. Elle ouvrit les yeux et ne vit rien; rien à part des ténèbres épaisses. Se croyant encore en partie endormie – alors qu'elle était réveillée, mais pas encore totalement consciente –, elle referma les yeux pour les rouvrir aussitôt, et ne vit pas plus.

Elle laissa alors sa conscience et ses souvenirs reprendre les devants, et sa vue n'en fut qu'à peine améliorée. Elle était bel et bien dans le noir le plus complet!

Puis ce qu'elle avait vécu avant de sombrer lui revint en mémoire, et elle sonda les environs. Elle tendit les bras et ses mains cognèrent contre un mur de brique dur, implacable, qu'elle parcourut brièvement avant de laisser retomber son membre légèrement engourdi.

Comme l'aveugle qu'elle était pour ainsi dire devenue, elle tâta le matériau sur lequel elle était à demi allongée, et entreprit de se mettre debout sur sa paillasse. Elle y arriva, lentement, péniblement, en chancelant dans l'obscurité, se servant du mur invisible pour ne pas retomber.

Elle s'était remémorée ce cachot dans lequel on l'avait enfermée. Elle tâtonna le long du mur, rencontra rapidement l'angle puis continua à circuler, lentement mais calmement et sûrement. Elle finit par atteindre la fenêtre, ou plutôt, le trou qui faisait office de fenêtre.

Et vit la nuit au travers.

Le parc lui-même, était plongé dans l'obscurité.

Elle voyait exactement ce qu'elle avait vu par cette même ouverture, alors qu'il faisait encore jour.

Elle toucha son poignet gauche, n'y trouva pas sa montre, et se souvint qu'elle avait dû la laisser aux flics. Depuis combien de temps était-elle bouclée dans ce trou? Bon sang, pendant combien d'heures était-elle restée dans les bras de Morphée?

Quelle heure était-il?

Sa respiration s'accéléra, sans pour autant l'empêcher de réfléchir un minimum. Elle passa un bras à travers les barreaux, ne sentit pas un souffle d'air passer dessus mais fut incapable d'en déduire quelque chose. Preuve que la panique commençait à la gagner. Elle garda son bras tendu à l'extérieur, comme si elle pouvait s'y glisser et s'y retrouver. Toujours incapable d'imaginer qu'elle était traitée comme une prisonnière de guerre, une ennemie de l'Etat... dans un parc à thème.

Parce que c'était bien de ça qu'il s'agissait. Ce qu'elle avait fugitivement redouté se produisait bel et bien. Ces tests, les réponses non conformes, déplaisantes, qu'elle avait données… non. C'était impossible. Ce n'était pas une raison suffisante pour enfermer quelqu'un. C'était ce qu'elle croyait...

... elle croyait tout savoir mais non.

Elle resta plantée ainsi près de cette fenêtre barrée, le bras tendu au-dehors, pendant un long moment. Le plus longtemps possible en fait. Elle ne voulait pas risquer de se refondre dans les ténèbres et de ne plus pouvoir retrouver le chemin vers cette ouverture, désormais son seul lien vers l'extérieur. Le lien le plus dérisoire qui soit.

Encore heureux que ce trou n'ait pas été pratiqué plus en hauteur, hors de son atteinte. Elle aurait pété les plombs avant même de pouvoir s'endormir.

Au bout de cinq minutes, elle n'y tint plus; elle s'éloigna de la fenêtre, se remit à tâtonner le long du mur, en direction de la porte.

Il fallait qu'elle sorte de là. Elle ne tiendrait pas le coup longtemps. Elle n'était pas de taille et le savait.

Elle finit par trouver la porte, et se mit à tambouriner dessus comme une possédée, cette fois complètement en panique, en hurlant à pleins poumons.

– Au secours! aboyait-elle. Sortez-moi de là!

Six minutes plus tard, elle était dehors. Avec le front ouvert, qui saignait, et sur lequel elle maintenait un tissu pressé pour limiter l'hémorragie. Elle avait aussi deux doigts éraflés, qui saignaient également.

Elle n'avait pas tardé à sombrer dans l'hystérie la plus totale, à partir du moment où elle avait commencé à hurler et à taper sur la porte. Comme personne ne venait, elle avait continué à brailler et à supplier en pleurant qu'on vienne la tirer de son trou, jusqu'à demander pardon pour avoir donné tant de réponses inadéquates aux tests, et à jurer qu'elle ne recommencerait plus.

Même cela était resté sans effet; ne supportant plus le noir, elle avait craqué. Elle avait oublié l'étroitesse de son cachot et s'était cogné la tête contre un des murs. Etourdie par la fulgurante douleur, elle s'était pris la tête dans ses mains et s'était cognée trois fois supplémentaires; c'était cette fois ses doigts qui avaient payé la note.

On l'avait alors fait sortir. D'urgence.

Cela n'était pas allé tout seul.

Elle venait de réintégrer la petite pièce transitoire, flanquée de deux flics baraqués, différents de ceux qui l'avaient conduite vers sa cellule. Les mêmes futurs taulards s'y trouvaient toujours assis, l'odeur y était toujours aussi forte. Avec une différence, non négligeable: tous, cette fois, avaient la tête levée vers elle. Ils la regardaient, sans sourire. Avec, semblait-il, un certain respect qui ne tarda pas à devenir réciproque.

Les deux flics lui firent faire volte-face, vers le type planté de l'autre côté du guichet. A sa grande surprise, c'était le même que celui qui avait consigné ses objets personnels.

Il lui tendit l'enveloppe, et de sa main libre, elle récupéra son passeport, son bracelet, son collier, et sa montre.

Elle regarda l'heure... et ses yeux s'arrondirent de stupeur.

– Mais... fit-elle, incrédule. (Elle regarda le type.) Quelle heure est-il?

– Celle indiquée sur votre montre, je crois, répondit-il très tranquillement, avec un haussement d'épaules.

– Mais enfin... je suis restée combien de temps dans cette cage?

Le gars se tourna vers une pendule située en hauteur.

– Je dirais... un peu plus de vingt minutes.

– Quoi?? s'exclama Roxanne effarée. C'est tout?

Le type haussa de nouveau les épaules, sans rien dire. Roxanne le regarda attentivement; il n'avait pas l'air de plaisanter. Elle crut donc que c'était sa tête douloureuse qui lui jouait un tour.

Mais non, là encore.

– Je veux savoir ce qui s'est passé, dit-elle à Ted, qui lui aussi était resté non seulement fidèle à son poste, mais aussi, toujours aussi frais.

– Nous sommes désolés, dit-il. Nous allons vous fournir le nécessaire, pour votre blessure à la tête.

– Ça devrait aller, fit-elle. Qu'est-ce que vous avez fait?

Ted sembla hésiter un instant. Il n'était pas censé lui dire quoi que ce soit à ce sujet, mais comme elle avait subi un préjudice physique, il valait mieux ne pas l'indisposer contre l'institution. Surtout que son père l'accompagnait. Il était fort capable de porter plainte.

Il consulta l'assistance du regard, et le flic oriental hocha positivement la tête. Roxanne regarda autour d'elle et s'aperçut que tout et tout le monde, flics comme prisonniers, s'était figé autour d'eux. L'heure était grave.

De la tête, plusieurs flics l'encouragèrent à parler.

— Nous avons simulé une détention prolongée, finit par répondre Ted.

Elle le savait déjà; malgré sa tête qui cuisait, elle avait fini par saisir. En réintégrant la salle principale du commissariat, elle avait été éblouie par la lumière du jour, qui n'était pourtant pas si claire.

Elle était en colère, mais surtout contre elle-même.

— Je sais. Ce que je veux savoir, c'est comment vous vous y êtes pris.

— C'est assez simple. Nous avons mis un soporifique dans votre thé, commença-t-il. Un très léger soporifique.

— J'aurais dû m'en douter, souffla Roxanne.

— Vous vous êtes endormie assez vite, et nous avons attendu dix minutes avant de vous réveiller.

– Comment avez-vous fait ça?

– Nous avons fait tomber quelques gouttes d'eau sur votre visage, depuis une trappe au plafond. Comme il faisait déjà tout noir, vous ne pouviez rien voir.

– Mais pourquoi faisait-il tout noir? Il faisait nuit, par la fenêtre! Quand même, je sais quand il fait nuit!

– Ce que vous avez vu par la fenêtre, ce n'était pas la nuit. C'était juste une image. Une grande image fixe, sombre, hautement définie. Projetée sur un grand écran noir, légèrement panoramique.

Roxanne soupira. Elle eut soudain l'air très bête.

– Nous avons installé cet écran devant votre fenêtre, et peaufiné la mise en scène, pendant que vous dormiez, poursuivit Ted. Ce n'est pas la première fois que nous faisons cela. Bien d'autres y sont passés avant vous.

– Je peux me l'imaginer, dit-elle.

– Évidemment, que vous n'avez pas le profil d'une terroriste. Mais c'est le genre d'étiquette qu'on vous colle dans le dos quand vous cherchez à dénoncer les agissements racistes et criminels des dirigeants les plus puissants qui soient dans ce monde.

– Et on devient soi-même un raciste et un criminel.

– Qu'il faut faire taire et enfermer, sinon éliminer.

– « Vous êtes avec nous, ou contre nous », comme Bush l'a dit.

– Oui, c'est tout à fait ça. C'est un peu la devise des puissants: quoi qu'ils fassent, même s'ils sont prêts à arroser la planète de bombes nucléaires, il faut les soutenir et dire amen. Sinon, ils feront n'importe quoi pour vous briser – surtout si vous agissez seul. Ils vont notamment vous faire le coup de l'anti-sémitisme et de l'anti-patriotisme, qui vont devenir les crimes les plus monstrueux. C'est systématique. Plusieurs journalistes peuvent en témoigner. Pas mal d'artistes aussi.

Roxanne approuva en silence. Elle appuyait toujours sur sa plaie à la tête. Le tissu était gorgé de sang.

– Je regrette vraiment ce qui s'est passé.

– Ce n'est rien du tout, croyez-moi. (Elle regarda Ted plus intensément.) Ne vous inquiétez pas. Je suis avec vous.

– Merci.

– J'ai bêtement perdu la tête. J'aurais dû

me rappeler que tout ici est simulé. Je l'oublie sans arrêt.

— Ce qui veut peut-être dire que nous faisons bien notre boulot, dit Ted avec un sourire.

— Vous le faites magnifiquement bien. Je dois avouer que je suis très impressionnée.

Une femme apparut à ses côtés. C'était la même que celle qui lui avait donné son thé assaisonné, dans le cachot. Elle lui prit le tissu ensanglanté, le jeta et commença à se servir d'un bout de coton propre et humidifié pour étancher la plaie elle-même.

— J'ai vraiment cru que vous m'aviez oubliée, dit Roxanne.

— C'était le but recherché, fit Ted. Mais en même temps, n'oubliez pas cela: vous êtes une cliente, et personne n'oublie ses clients.

REFUGEE CAMP
Black River
Gulf of Mexico
BLACK DESERT
Black Beach
N.E.
E.   Gates
S.E.
S.
RESTAURANT
JIHADI TRAINING CAMP
POLICE STATION

Roxanne était encore patraque quand elle fit enfin son apparition au **centre commercial.**

Ce ne fut que pour découvrir un autre bâtiment fantôme, massif celui-là. Elle leva la tête et, malgré la douleur et un accès de vertige, elle nota que l'immeuble était totalement intact, n'avait en tout cas pas été démoli ou éventré, au moins dans sa partie supérieure. Ce qui constituait une nouveauté.

Le centre commercial n'avait pas essuyé de bombardements, mais avait été la cible d'un attentat à la voiture piégée. Le véhicule avait foncé vers son entrée principale et son conducteur kamikaze l'avait fait sauter une fois à l'intérieur. Les faits s'étaient produits à une heure de grande affluence, causant donc le maximum de dégâts et de victimes.

C'était en tout cas ce que les soldats racontaient aux clients massés autour de l'épave calcinée de la voiture, qui gisait tel un énorme scarabée mort, dans l'enceinte sordide de l'immeuble.

L'explosion, extrêmement violente, avait provoqué un gigantesque incendie qui avait totalement détruit le bâtiment. Seul son dernier niveau avait été récupéré, nettoyé et aménagé; les nombreux ascenseurs étant bien entendu hors d'usage, Roxanne dut s'y rendre par les escaliers, ce qui n'arrangea pas ses vertiges.

Elle dut faire plusieurs pauses, le soldat qui l'accompagnait l'aidait à se maintenir debout. Il la laissa finalement s'asseoir sur une marche. Ils repartirent au bout d'une minute, et c'est complètement épuisée que Roxanne atteignit le sommet du bâtiment.

Le soldat poussa la porte et l'invita à s'asseoir sur une chaise, avant de s'éloigner. Il revint rapidement avec un grand verre rempli d'une boisson énergétique. Roxanne le vida en une seule fois.

– Merci, fit-elle en souriant, avant de se relever.

Ils traversèrent alors ce qui pouvait passer pour un bar-restaurant cinq étoiles, particulièrement vaste et aéré, qui s'étendait sur toute la longueur de l'immeuble et dont l'aspect moderne et l'ambiance tranquille tranchaient avec tout ce qu'ils avaient pu voir depuis leur admission dans le parc. Sans pour autant rompre avec la règle: malgré le volume des tables, elles-mêmes fort nombreuses, ce bar-restaurant n'avait en fait rien ou pas grand-chose d'un restaurant vu qu'il ne proposait aucun choix d'ordre culinaire. Seules des boissons étaient proposées.

Quand elle s'en rendit compte, Roxanne se prit à regretter de ne pas avoir fait le plein de nourriture chaude dans le restaurant officiel du parc – de s'être laissée trop facilement impressionner par l'hostilité de l'environnement. Elle le regrettait d'autant plus qu'elle s'était blessée dans l'intervalle, et que son estomac commençait à protester. Les boîtes de conserve, les biscuits et les petits gâteaux qu'elle avait récupérés ne suffiraient certainement pas. Autour d'elle, les clients attablés se sustentaient avec tout ce qu'ils avaient pu récupérer et 'confectionner' dans ce restaurant dévasté et enterré. Elle se sentait encore plus gourde qu'elle se l'était sentie devant ce policier et ses explications.

Elle finit par repérer son père et son frère et accéléra le pas. Tom la vit le premier.

– Roxy! s'exclama-t-il.

Il s'extirpa de sa chaise et se précipita. Roxanne le reçut dans ses bras.

– Qu'est-ce qui t'est arrivé? siffla Louis.

Il paraissait scandalisé, prêt à faire un malheur et à tout envoyer promener.

– Qu'est-ce qu'ils t'ont fait? Qu'est-ce qu'ils ont fait à ma fille?

– Rien, papa, répondit Roxanne doucement.

Elle portait son petit frère, lequel tripotait, l'air étonné, l'épais bandage qui lui entourait la tête, et maintenait en place un tout aussi épais pansement sur son front.

– Comment ça, rien? fit Louis, perplexe.

– Oui, rien du tout.

– Tu t'es fait ça toute seule, peut-être?

– Absolument. Le plus drôle, c'est que c'est vrai, en plus.

– Un peu! enchaîna Louis avec fureur. Ils vont trouver ça moins marrant quand j'aurai porté plainte!

– Papa... tu ne vas rien porter du tout.

Louis la regarda avec stupeur.

– Mais qu'est-ce qui te prend?

– Je me suis cognée. C'est tout.

– Ah bon? C'est tout?

– Oui.

– Comment c'est arrivé? interrogea Tom.

Roxanne tourna la tête vers lui. Elle ouvrit la bouche pour répondre, la referma, secoua la tête, rouvrit la bouche.

– Aucune importance. Je suis encore un peu K.O. mais ça va. (Elle reposa Tom au sol.) Ici, on n'a pas le temps de souffler.

– Ils t'ont emmenée où?

– Laisse-moi respirer, dit-elle.

Elle prit place près de leur table, située aux premières loges, juste à côté de la balustrade. La vue sur le parc était plongeante, n'offrant que des ruines, de la fumée et des nuages; une grisaille généralisée, tant en haut qu'en bas.

– Bon sang, fit-elle.

– Tu vas boire un grand coup, tu en as sacrément besoin, lui dit son père, en prenant place à son tour, imité par Tom, lequel avait les yeux glués sur le visage de sa sœur.

– Oui...

– Ensuite, tu vas nous dire ce qui s'est passé.

– Bien sûr.

Il passa sa « commande ». Contrairement

à ce qui se passait au restaurant officiel, il y avait ici un service, assuré par des soldats, la plupart du sexe féminin.

– Quand même. Ça fait depuis près d'une heure et demie qu'on est là à attendre.

– Je regrette, mais ce n'est pas de ma faute.

– Je sais.

Louis se fit apporter plusieurs petites bouteilles de Gatorade, toutes fraîches, par une femme-soldat qui en ouvrit une et leur laissa l'ouvre-bouteille, avant de s'éloigner.

Il n'y avait pas de verres; Roxanne vida donc la bouteille au goulot, avant de se lancer dans un récit circonstancié, depuis sa rocambolesque « incarcération » pour délit d'opinion, jusqu'à sa visite... du **camp d'entraînement djihadiste.**

Louis sauta sur ses pieds.
– Tu es allée là-bas? s'écria-t-il.

*

Quand Roxanne quitta finalement le commissariat, le front bandé, elle embarqua dans un véhicule assez spécial, le genre d'ambulance qu'utiliseraient les militaires. Un véhicule imposant, à mi-chemin entre le fourgon et la voiture familiale, dans lequel Roxanne put s'allonger de tout son long, sur le lit-brancard unique prévu à cet effet. Elle s'endormit presque dans la foulée, sans s'en rendre compte, trop assommée par sa blessure et les événements mais sans se sentir pour autant fatiguée.

Quand on la réveilla, une quinzaine de minutes plus tard, on se contenta de lui dire: « Vous êtes arrivée ». Elle crut donc assez logiquement être arrivée au centre commercial, pour y retrouver sa famille, comme on le lui avait affirmé en premier lieu. L'établissement qu'elle découvrit une fois à l'extérieur n'en avait en rien l'allure. Elle ne vit qu'une longue bande de terre grise, fourmillante de monde mais totalement vierge de véhicules – qui n'avait donc rien d'un parking –, avec deux constructions obliques qui se dressaient en son centre, et des tentes plantées tout autour, sur trois côtés.

Elle comprit immédiatement qu'on l'avait emmenée ailleurs; néanmoins, sa surprise fut totale quand on lui révéla qu'il s'agissait du camp d'entraînement djihadiste.

– Qu'est-ce que ça veut dire? fit-elle avec colère.

Pendant tout le trajet, elle s'était reposée

seule à l'arrière. Hors de vue des deux soldats placés à l'avant, et dont les sièges étaient séparés du compartiment arrière par une cloison opaque.

— Calmez-vous, lui intima le soldat, celui qui avait conduit.

— Ne me dites pas de me calmer! s'exclama-t-elle, et elle fit voler son bras droit vers son visage.

Le bidasse s'en saisit par le poignet; pour tenter de lui faire lâcher prise, elle lui lança son genou vers l'entrejambe mais il l'évita par un rapide mouvement en arrière.

— Lâchez-moi!

— Pas question, tant que vous continuez à ruer, dit le bidasse.

Son coéquipier s'amena par-derrière; il s'empara des deux bras de Roxanne et la tira en arrière. L'autre put alors la lâcher, imité ensuite par son collègue.

Et Roxanne tomba à genoux, la tête dans les mains.

Méfiants, les deux types n'intervinrent pas; ils comprirent cependant assez rapidement que la jeune femme était prise d'étourdissements, et la laissèrent récupérer.

Elle finit par libérer sa tête, et porta une main à son front. Ses yeux papillotaient.

– Ça va? fit le bidasse planté devant elle.

– Pourquoi m'avez-vous amenée ici?

– Nous en avons reçu l'ordre.

– L'ordre?

– Ils se sont dit que vous trouveriez peut-être ça intéressant.

– Ce qui m'intéresse, c'est de retrouver ma famille, dit-elle.

Les deux soldats échangèrent un regard.

– Levez-vous, fit celui placé derrière elle.

Roxanne tourna la tête vers lui, puis se releva.

– Votre père et votre frère vous attendent au centre commercial, dit-il. Vous les reverrez dans une demi-heure.

– Nous savons que vous souffrez, renchérit l'autre. N'en déduisez pas pour autant que vous courez un risque ici. Rappelez-vous, tout ici est simulé.

– Et bien entendu, nous vous accompagnerons tout au long de la visite.

Roxanne ne répondit pas, que ce soit par la parole ou par les gestes. Pas tout de suite.

Elle se mit la première en mouvement, en direction du camp; ils lui emboîtèrent le pas.

A peine quelques secondes plus tard, elle trébucha sur un caillou enfoncé dans la terre, et perdit aussitôt l'équilibre. Dans un réflexe, l'un des deux soldats l'attrapa sous l'aisselle et la redressa de justesse.

Ce ne fut qu'à ce moment que Roxanne prit conscience de la texture du sol. Elle regarda autour d'elle et s'aperçut que tout autour d'eux, s'étendait un désert d'un genre nouveau, particulier. Pas de végétation ou presque, plus de sable, plus d'or noir pour jaillir du sol; rien que de la roche, des pierres et des cailloux, à perte de vue, qui s'unissaient dans la même teinte grise, triste et vide, et formaient des dunes abruptes, de petites et moyennes tailles. Un désert dans lequel le camp semblait avoir été creusé et taillé. On se serait cru dans le coin le plus reculé du Yémen, du Pakistan ou de l'Afghanistan.

Le choc fut assez rude pour Roxanne qui n'avait pas pu surveiller son itinéraire pendant son trajet. Elle venait de se rappeler le plan du parc, et l'emplacement précis de ce camp: à son extrême pointe sud-est. Le parc s'arrêtait de l'autre côté de ce camp; au-delà, il n'y avait rien, l'horizon s'étendait, lugubre, gris, vide, fantomatique.

Malgré le côté purement infernal de cet endroit, elle ne regretta pas d'être là. Le fait d'y avoir été amené sans aucun préavis, et alors qu'elle n'était pas en état de se rendre compte où on l'emmenait, ajoutait à la découverte et attisait sa curiosité. Du coup, elle se détendit quelque peu.

Ils descendaient l'une des petites dunes qui menaient vers le camp d'entraînement, lequel était vaste, s'étendant sur plusieurs hectares. Tellement vaste qu'ils n'entendaient qu'à peine les détonations qui claquaient pourtant en série. Une fois la dune derrière eux, ils durent marcher sur deux bonnes centaines de mètres avant de commencer à distinguer des formes humaines, sombres, immobiles – sans doute des sentinelles, au nombre de trois, qui se dressaient devant eux, presque au niveau d'une des deux constructions.

Les trois matons étaient en treillis verts et noirs, et portaient des cagoules noires sous des bérets verts, ainsi que des gants noirs. De leurs corps, on ne voyait donc que leurs yeux. Impossible donc de déchiffrer l'expression de leurs visages, impossible de deviner leurs intentions, mais de part leurs postures raides, ces types semblaient se demander s'ils devaient ouvrir le feu ou non. Ils étaient armés d'imposantes Kalachnikovs.

Plus Roxanne s'approchait, plus les détonations devenaient tonitruantes, et plus elle ralentissait le pas; elle finit par s'arrêter une fois arrivée à hauteur des sentinelles. Les deux soldats durent lui faire signe de continuer à marcher. Roxanne se remit en marche, les yeux rivés sur ceux d'un des trois matons, qui semblait s'appliquer, sans bouger d'un pouce, à la statufier de son regard ultra-perçant qui la suivait.

Devant eux, de part et d'autre des deux constructions de pierre taillée, s'étendait le camp, ceinturé de plusieurs lignes de barbelés au niveau du sol. La partie gauche était consacrée à l'utilisation et au maniement des armes à feu, légères ou lourdes selon les cas, et dont les canons étaient bien évidemment pointés vers le côté opposé aux deux bâtiments; le seul côté ouvert, vierge de tentes. Ceci afin d'éviter les accidents. La partie droite était réservée aux exercices physiques.

Les deux soldats suivirent Roxanne qui venait de virer sur sa droite. Ils se mirent donc à suivre le chemin qui y serpentait, délimité par les lignes de barbelés, et s'approchèrent du champ principal des opérations. Instructeurs comme stagiaires, tous étaient vêtus exactement de la même manière, des mêmes treillis verts et noirs, des mêmes cagoules noires sous les mêmes bérets verts, des mêmes gants noirs; malgré tout, il était très facile de distinguer les uns des autres – les instructeurs étaient debout et ne bougeaient presque pas, sauf pour gueuler des ordres, conseils et autres rappels à l'ordre; les stagiaires rampaient furieusement au sol, comme si leurs vies en dépendaient, avec pour mission de passer le plus vite possible, sur une certaine distance, sous des fils barbelés suspendus à ras du sol sans s'y accrocher. Un exercice alliant agilité et rapidité, qui constituait l'une des bases de l'infiltration et du camouflage.

– Nous avons raté le défilé, dit l'un des soldats.

– Venez, dit l'autre.

Ils se détournèrent, Roxanne, pourtant fascinée, les imita et ils s'éloignèrent. Ce faisant, ils s'approchaient de l'une des deux portes qui s'ouvraient dans le bâtiment qui leur faisait face. Ils passèrent la porte.

Un nombre important de personnes était rassemblé dans une grande salle rectangulaire, aux murs vierges de portraits, de décorations ou de quoi que ce soit d'autre, autour d'un seul et unique individu en djellaba qui prêchait la parole sainte. Une parole assez largement teintée d'engagement guerrier contre les sociétés occidentales, définies comme racistes et impérialistes, à la base des « nids d'infidèles et de mécréants », rongés par tout ce que l'humanité peut produire de pire, notamment la corruption, l'immoralité, et toutes les perversions possibles et imaginables (telles l'inceste, la consanguinité, la pédophilie, la prostitution, la pornographie), au point de placer le dollar avant le prophète; et qui violaient, pillaient et souillaient les terres de Jésus depuis trop longtemps. Une parole que Roxanne subissait sur fond de coups de feu qui ne s'arrêtaient pas, et dans une langue qui lui était totalement étrangère.

– Il parle anglais? questionna Roxanne.

– Oui, lui dit l'un des deux soldats.

– Il va passer à l'anglais d'un instant à l'autre, fit le second.

– Il parle en quelle langue en ce moment?

– Aucune idée.

L'assistance ne comptait que très peu de civils, que l'on pouvait considérer comme des clients. Tous les autres, cagoulés ou non, étaient en treillis. Tous avaient les yeux soit ouverts et fixés sur le prêcheur, soit fermés et la tête basse.

Le prêcheur changea alors de mode oratoire; Roxanne le sentit tout de suite, sans grand mal, malgré son ignorance totale des langues autres que l'anglais et l'espagnol.

— C'est du persan, dit le soldat à sa gauche.

Roxanne s'en moquait. Elle s'impatienta.

— Nous n'avons pas le temps, dit-elle.

— Vous n'êtes pas la seule cliente ici, dit le même soldat.

— J'avais remarqué ça.

— Rien ne vous prouve qu'ils comprennent ce que ce type peut raconter. Il faut penser à tout le monde.

— Dans un camp comme celui-ci, à peu près toutes les langues, toutes les cultures sont présentes, expliqua l'autre. Ça va vous étonner, mais on trouve de tout, même si ça ne se voit pas trop à cause des cagoules.

Roxanne contempla l'assistance plus attentivement. Ou du moins essayait-elle, car étant placée au fond de la salle, elle n'avait aucune réelle possibilité d'y arriver en se concentrant sur les visages, lesquels étaient en plus dissimulés derrière ces fameuses cagoules. Elle se concentra donc sur les mains, dont la plupart étaient nues.

Elle repéra ainsi quelques « caucasiens » dans le tas de stagiaires en uniforme. D'autres avaient la peau plus foncée. L'un d'eux était noir. Elle put également distinguer un autre « caucasien » parmi ceux habillés en civil.

Elle comprit que l'anglais n'était pas commun à tous les membres en présence. En fait, aucune langue ne l'était.

Il fallait donc attendre. Attendre que le prêcheur gourou veuille bien adopter la langue de Shakespeare.

Dans cette attente, Roxanne se fit cette réflexion, que n'importe qui pouvait se retrouver dans un endroit de ce genre, peu importe ses origines et son appartenance culturelle et religieuse. Ce qui était somme toute logique, vu qu'au fond rien n'a de frontières, encore moins les courants de pensée. L'Islam ne s'arrête pas au monde arabe, le christianisme ne se limite pas au monde occidental, et ainsi de suite. Si les attentats du 11 septembre ont horrifié le monde entier, il en a été de même concernant ce qui a suivi dès l'année suivante, à savoir la perspective de l'invasion d'un pays moyen-oriental (l'Irak), dont le cheminement était pourtant inverse, et qui a provoqué une mobilisation et un élan de protestation monstres, à l'échelle également mondiale. Un élan mené par un pays occidental (la France).

Il n'était donc pas tellement étonnant de voir des Occidentaux adhérer à des concepts visant à atteindre leurs propres patries, leurs propres cultures, leurs propres gouvernements. Parmi ces stagiaires venus de l'Ouest, y avait-il des compatriotes? Elle posa la question au soldat à sa droite.

— Oui, certainement, répondit-il. D'ailleurs, des endroits comme celui-ci, il y en a sur notre territoire.

— Ah bon? (Roxanne semblait horrifiée.) Vous voulez dire… en-dehors de ce parc?

— Bien entendu. Je dirais même que ça pousse de partout en ce moment en Occident. Vous n'étiez pas au courant?

– Pas du tout.

– Très peu d'Américains le savent.

Le temps passa, le prêcheur continuait sa diatribe en persan, les coups de feu continuaient à se succéder à une cadence infernale, Roxanne digérait l'information du mieux qu'elle pouvait. Jusqu'à ce qu'un des soldats qui l'accompagnaient intervînt:

– Nous avons raté la prière, dit-il.

– Ça viendra peut-être après, enchaîna l'autre. (A l'adresse de Roxanne:) Si vous visitiez un vrai camp, ou si vous vous entraîniez pour le djihad, vous seriez obligée de vous lever tôt. Cette prière a lieu le matin, juste avant ou juste après la prêche, ça dépend. Mais ici, évidemment, ça se passe différemment.

– Tout à fait. Les clients préfèrent éviter cet endroit, et les rares qui viennent ne peuvent le faire qu'en plein après-midi. Et ils ne peuvent pas rester longtemps.

– Nous partons quand vous voulez, dit l'autre, à l'adresse de Roxanne.

– Maintenant, dit-elle en hochant la tête.
Ils sortirent.

– Vous êtes certaine de ne pas vouloir l'entendre dans notre langue?

– Non, dit-elle. Ça ne m'intéresse plus.

– Croyez-moi, ça vaut le déplacement.

– Non, merci.

Ils firent leur entrée dans l'autre bâtisse, en tous points identique à la précédente. Ce qui se passait à l'intérieur se réduisait également à un rassemblement général; à la seule et grosse différence près que le prêcheur était remplacé par un simple poste de télévision placé en hauteur. Les personnes présentes, nombreuses, étaient assises par rangées entières devant cet écran, qui ne montrait rien d'autre que des images de charniers, consécutifs à des bombardements, exécutions, massacres et autres atrocités, destructions, pillages, viols et autres exactions, perpétrées plus ou moins gratuitement par les forces armées occidentales, russes ou israéliennes au Proche et au Moyen-Orient, ainsi qu'en Libye; et accessoirement, au Viêt-Nam, en Corée, en Algérie et en Somalie. Les images, fruits d'un audacieux montage, se succédaient, toutes plus horribles les unes que les autres.

Et toujours sur fond de détonations, qui se mêlaient au commentaire télévisé.

— Ça, c'est l'étape finale de l'endoctrinement, dit l'un des deux soldats.

— C'est-à-dire? fit Roxanne.

— Vous voyez bien. Ce genre de séance a généralement lieu en soirée, après les entraînements aux armes et les exercices physiques, qui se déroulent l'après-midi.

— Je vois.

— A votre place, je ne resterais pas longtemps ici, à regarder ça.

Un plan particulièrement cru fit se détourner toutes les têtes et provoqua une vague de murmures épouvantés; Roxanne se détourna et sortit rapidement.

Alors qu'ils se dirigeaient vers la dune, et que les coups de feu diminuaient progressivement en intensité sans cesser de claquer pour autant, Roxanne vit que deux petits véhicules militaires étaient stationnés à son sommet, en plus de l'ambulance militaire qui l'avait transportée. Elle ne les avait pas vus à l'aller, et se demanda comment elle avait pu passer à côté. Elle n'avait passé qu'une petite quinzaine de minutes sur le site et était certaine que personne n'était venu dans l'intervalle.

Elle comprit que parmi les « stagiaires » en treillis et cagoules, qui avaient assisté à la prêche en attendant patiemment que leur langue soit enfin abordée, se trouvaient certains clients qui avaient été amenés dans ces véhicules, et qui avaient joué le jeu. Ce que Roxanne, à cause de sa blessure, n'avait pas été en mesure de faire, qu'elle l'eût voulu ou non. Elle prit également conscience que pendant sa visite du site, d'autres clients, également dans le seul et simple but de jouer le jeu, avaient été en train de s'entraîner à l'extérieur, d'un côté ou de l'autre des deux constructions de pierre.

L'ascension de la dune fut pour elle un calvaire. Sa blessure l'élançait si fort que le soldat qui la tenait par le bras pour l'aider, ne put l'empêcher de flancher et de finir sur ses genoux. Le soldat voulut la prendre sur son épaule mais elle refusa catégoriquement. Ils furent du coup obligés de la traîner derrière eux tout en grimpant au ralenti.

Une fois parvenue au sommet, Roxanne fut rapidement installée à l'intérieur de leur véhicule. Elle était en nage et à bout d'énergie. Pour ne rien arranger, son genou droit la faisait légèrement grimacer. Elle le signala aux deux hommes mais ne réclama aucun soin particulier. L'un d'eux resta malgré tout près d'elle à l'arrière pendant que l'autre conduisait. Il lui donna un anti-douleur qui lui avait été conseillé.

Le feu finit par se calmer sous son crâne et elle respira un peu mieux.

— Merci infiniment, fit-elle.

— Vous êtes peut-être restée un petit peu trop longtemps devant cet écran, dit-il.

— Ce n'est pas ça qui m'embête, répondit-elle.

— Peut-être, mais ce genre d'images d'extrême violence, montrées en série, peut avoir des effets dévastateurs.

– Pourtant nos télévisions ne montrent pas autre chose. Et les gens adorent ça.

– C'est vrai. Raison de plus pour mettre certaines choses au point.

– Je ne vois pas pourquoi...

– Si nous ne le faisons pas, vous risqueriez de nous prendre pour des sympathisants.

– Aucun risque.

Le soldat continua néanmoins.

– A la base, ceux qui viennent se former dans ce genre d'endroit se divisent en deux catégories, mais tous ont pour première motivation la vengeance. Les Occidentaux le font pour se venger de leurs propres sociétés qui les ont marginalisés, dans lesquelles ils n'ont pas pu s'intégrer; les autres veulent venger leurs pays envahis, occupés et dévastés, leurs familles décimées, leur honneur bafoué, etc. vous aurez deviné de quels pays je parle.

– Bien sûr.

– Pour ne rien vous cacher, nous n'éprouvons de réelle sympathie que pour les Palestiniens. Parce que eux agissent seuls, sans se laisser laver le cerveau par des imposteurs; et ils ne ciblent que leurs voisins israéliens, qui leur ont pris leur pays qu'ils ont aplati à coups de missiles des décennies durant, qu'ils continuent aujourd'hui à bombarder sans répit au premier prétexte venu tout en cherchant à les exterminer de même. Les autres ont plus tendance à frapper n'importe où, sans raison valable, sans réelle distinction.

– Que voulez-vous dire?

– Cet homme que vous avez vu et entendu prêcher, c'est le genre de manipulateur qui sévit dans les mosquées, et des mosquées, il y en a partout. Tout ce qu'il est capable de faire, c'est livrer une apologie de la guerre sainte contre tout le monde occidental, qui ne connaît que l'argent, qui ne connaîtrait donc pas l'Islam, qui serait en fait contre l'Islam, et qui doit donc être détruit en tant qu'ennemi de Dieu. Mais si vous étiez irakienne ou libanaise, ou turque, ou afghane, bref originaire du Proche ou du Moyen-Orient, si vous étiez basée là-bas et si ce type vous parlait individuellement ou en comité restreint, il vous dirait de vous faire exploser, de poser une bombe ou d'ouvrir le feu chez vous, dans votre pays, au beau milieu d'une foule de musulmans, en plein rassemblement ou en pleine heure de pointe.

– Oui... je comprends mieux.

– Et c'est là que ça ne va pas. Vous voyez bien où ça cloche? Ces types prétendent vouloir éliminer tous les « infidèles », mais si vous acceptez de vous convertir à l'Islam, ils vont quand même chercher à vous tuer. En vérité, la question religieuse ne les préoccupe pas vraiment; tout ce qu'ils veulent, c'est prendre le pouvoir. Ils essayent d'y arriver par une croisade basée sur la terreur pure, par une guerre idéologique, menée sous couvert de religion. Le conflit israélo-palestinien, le mode de vie « impie » des Occidentaux et leurs récentes exactions en Irak ou en Libye servent aussi de prétexte. Pour accéder au pouvoir, ils ont besoin de détruire tout ce qui ne correspond pas à leur idéal.

– Et ça inclut l'Islam?

Le soldat hocha la tête:

– Je dirais que ça inclut une certaine vision de l'Islam, ou une certaine façon de pratiquer cette religion, qu'ils rejettent. Les musulmans sont divisés en deux factions rivales, les chiites et les sunnites. Ils sont en guerre depuis longtemps. Si vous voulez savoir précisément pourquoi, vous devrez leur poser la question. Toutes les religions sont en proie aux pires extrémismes, aux pires fanatismes; mais les musulmans sont aujourd'hui les seuls à être autant divisés autour de leur croyance – au point de s'entretuer massivement à coups d'attentats suicide.

Roxanne ne dit rien, le soldat fit une pause avant de reprendre.

– L'Irak était un pays laïc, avant que nos forces ne viennent le détruire; en faisant ça, nous avons fourni à ces fous furieux le plus grand des terrains de jeu. Nous ne pouvions pas nous battre contre eux sur ce terrain. Donc nous sommes partis.

*

Roxanne venait de terminer sa petite histoire, en ajoutant une donnée importante que ce soldat avait omis de préciser; à savoir que ces « fous furieux » avaient en réalité été divisés par les Américains qui, pendant leur occupation de l'Irak, avaient appuyé la communauté chiite musulmane au pouvoir au détriment des sunnites qui, depuis, s'employaient à prendre systématiquement leur revanche – sur ces « traîtres » qui avaient pactisé avec l'ennemi envahisseur (qui plus est, le "Grand Satan" américain) et, selon eux, déshonoré l'Islam tout entier.

Louis, assez stupéfait, resta silencieux pendant un moment.

– Tu sais quoi? lui dit-il finalement. J'aurais voulu qu'ils m'arrêtent à ta place, tout compte fait.

– Tu n'es pas sérieux, papa.

– Bien sûr que non. Mais je ne pense pas que j'aurais craqué aussi vite dans ton cachot.

– Tu comptes toujours porter plainte?

– Je ne sais pas.

Tom intervint:

– Tu devrais manger, dit-il à sa sœur.

Elle le regarda, qui était en train de se gaver des gâteaux qu'il avait sortis de son cartable. Elle lui sourit et lui ébouriffa les cheveux avec tendresse, avant d'engouffrer une première madeleine ronde.

Elle venait à peine de l'avaler qu'une vibration se fit sentir dans son sac, que Tom lui avait gardé pendant son absence.

– Ah oui, fit Tom. Ton téléphone a sonné plusieurs fois.

– Et alors?

– Je n'ai pas ouvert ton sac.

– Bravo, Tom.

Elle en tira son mobile et le porta à son oreille.

– Allô, Gus?

– Roxy, ça boume? Alors, Beyrouth, c'est comment? Mickey Mouse, il a quelle tête?

Des rires se firent brusquement entendre en fond sonore. Elle raccrocha.

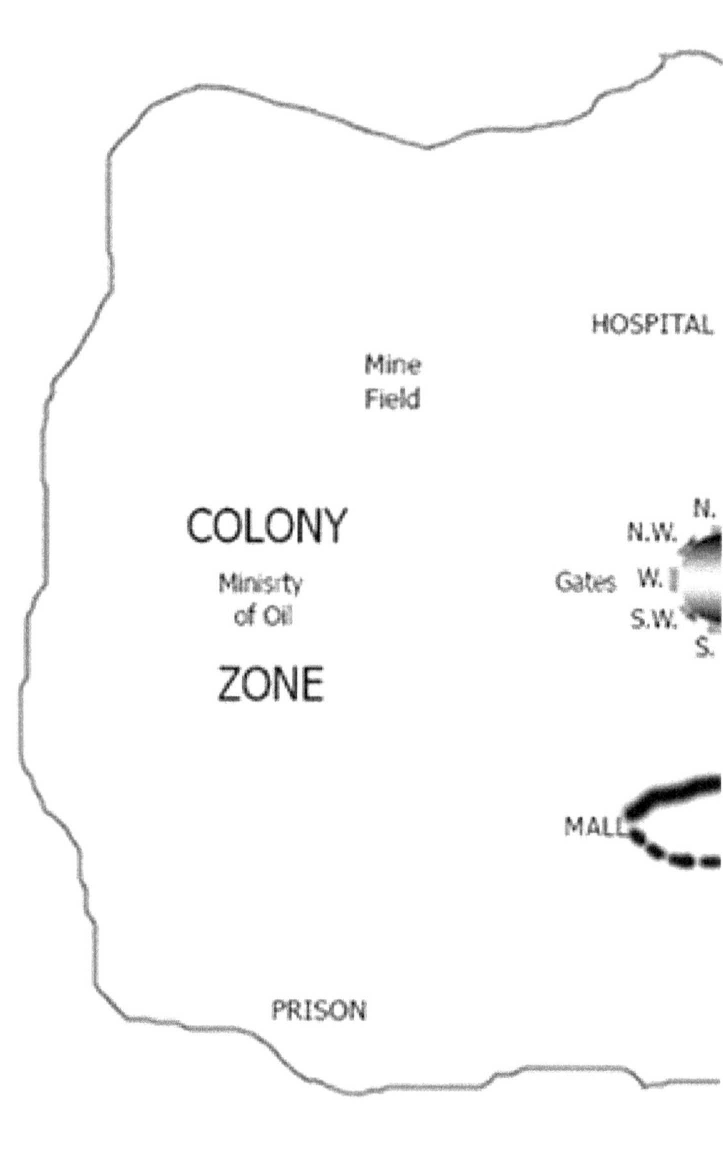

HOSPITAL
Mine
Field
COLONY
Minisrty
of Oil
ZONE
N.
N.W.
Gates W.
S.W.
S.
MALL
PRISON

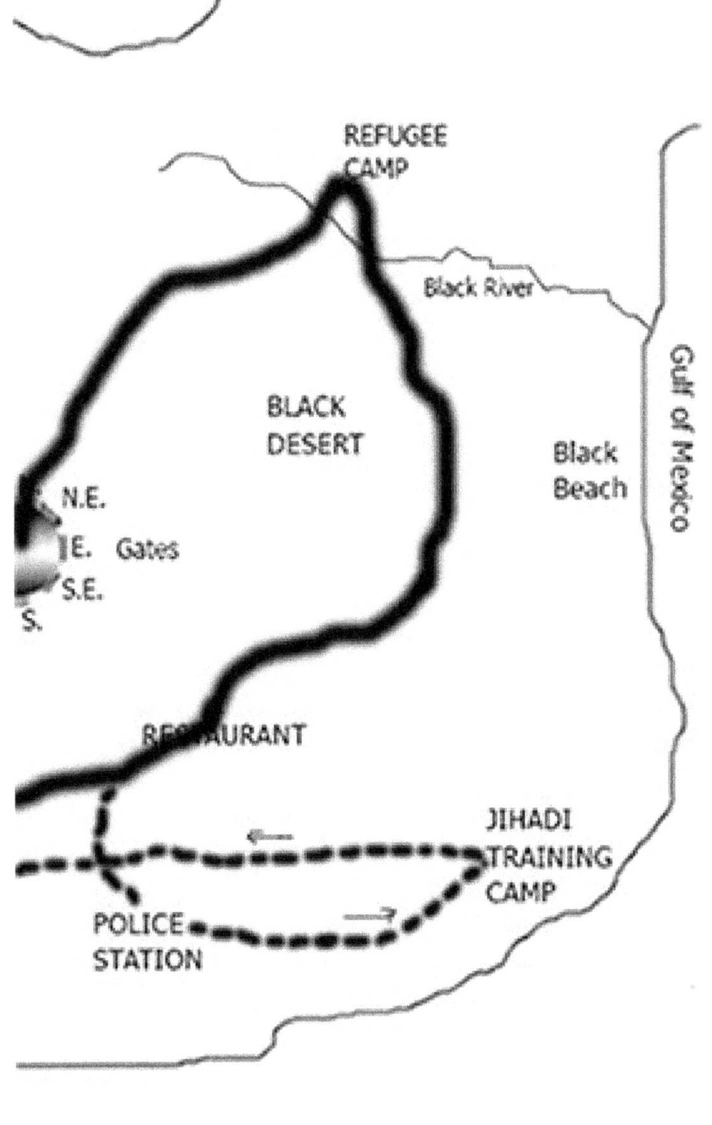

REFUGEE CAMP
Black River
BLACK DESERT
Gulf of Mexico
Black Beach
N.E.
E. Gates
S.E.
S.
RESTAURANT
JIHADI TRAINING CAMP
POLICE STATION

Avant d'avoir dû quitter l'Irak, certains soldats américains s'étaient bien amusés. Les Motmotty étaient partis pour en avoir une très nette démonstration.

Le voyage fut mouvementé. La famille fut emmenée dans deux véhicules – Roxanne avait dû se résigner à reprendre sa place dans l'ambulance de l'armée pendant que Louis et Tom l'avaient fait dans un mini-bus au tiers plein. Avant cela, ils avaient visité le centre commercial de long en large, de haut en bas, étage après étage, dans l'espoir de trouver un magasin opérationnel, de faire un minimum d'emplettes et ainsi, de retrouver un semblant de civilisation. Un espoir plus que réduit qui les avait malgré tout poussés... dans le vide. Ce qui ne constituait pas vraiment une surprise.

La chute, ou plutôt la visite, avait été longue et frustrante; l'atterrissage avait été somme toute très normal, les Motmotty avaient quitté l'établissement moribond, bredouilles donc déçus, mais sans dommage. La seule vraie curiosité de l'endroit – le premier bâtiment fantôme ayant un statut d'« attraction », ce qui n'était pas surprenant vu son volume et le fait qu'il n'avait pas été touché par des bombardements – était donc la carcasse tordue et moisie de cette voiture, au rez-de-chaussée. Le centre commercial n'avait rien proposé d'autre, sinon une succession infinie de trous noirs, d'espaces vides, sombres et inhospitaliers, de part et d'autres d'allées jonchées de cendres et de déchets. Le tout sous une odeur lourde et dans une ambiance de fin du monde.

Roxanne était donc presque impatiente d'atteindre l'étape suivante sur la carte, et de se retrouver en prison; faute de pouvoir faire un semblant de shopping, autant visiter un endroit qui « tournait » et proposait des articles en vue. Même si ces articles étaient d'un autre genre et n'étaient pas à vendre; même si elle avait déjà tâté de ce genre de camelote, au commissariat. Louis et Tom, qui étaient restés sans rien faire pendant près d'une heure et demie, trépignaient. Surtout Louis, qui voulait en avoir pour son argent.

Il allait être servi, ce qui advint plus tôt que prévu. De curieux bruits, très brefs, très secs, se mirent à retentir à une cadence toujours plus rapide. Puis une vitre vola en éclats dans le bus. Louis comprit alors que le véhicule avait été pris pour cible par un sniper, voire plus.

L'ambulance militaire, qui précédait le bus, semblait épargné par le ou les tireur(s), qui voulai(en)t sans doute éviter une éventuelle et immédiate riposte armée. Le véhicule continua donc tranquillement sa route pendant que derrière, le mini-bus continuait d'essuyer des tirs... avant de sauter sur une mine.

Dès cet instant, les tirs cessèrent. Le mini-bus, touché à l'arrière, ne s'arrêta pas pour autant. L'explosion avait été violente mais la mine avait en réalité été déclenchée par l'ambulance et non par le bus, et avait sauté à retardement, à une trentaine de mètres derrière le véhicule.

Sous le souffle de la déflagration, les deux roues arrière se décollèrent du sol mais le bus ne s'arrêta pas, continuant sur ses deux roues avant sur une dizaine de mètres; le chauffeur en garda le contrôle et continua son chemin. Avant d'accélérer et de se mettre finalement hors de portée des fusils qui s'étaient remis à crépiter, cette fois dans le vide.

Les passagers se sortirent de toutes ces secousses sans la moindre égratignure; Louis ne tarda pas à comprendre que tout avait été réglé et calculé à l'avance, lui, Tom et les autres passagers ayant été placés à l'avant du bus avant même son départ, et ayant reçu la consigne de rester à leurs places assises pendant tout le trajet.

Tout girond et innocent qu'il l'était, Tom, lui, n'avait bien entendu pas saisi la coupure; il était terrorisé. Il l'était toujours quand le bus atteignit sa destination: la **prison.**

L'établissement était situé là encore à l'extrême limite du parc, mais contrairement au camp d'entraînement djihadiste qui avait été planté au milieu de nulle part, la prison l'avait été dans une zone isolée certes, mais totalement contrôlée par l'armée, laquelle la quadrillait depuis les miradors. Il s'agissait donc d'une prison de haute sécurité telle qu'on en trouvait à peu près partout aux États-Unis, sauf que celle-ci était située dans un pays étranger, un pays qui bien que totalement démuni, était quand même censé détenir des armes lourdes; et que l'armée américaine avait malgré tout réussi à investir, avec une facilité déconcertante, par la loi de ces mêmes armes, sans rencontrer la moindre opposition.

Un manque total d'adversité d'un point de vue militariste, qui en avait surpris ou avait fait mine d'en surprendre plus d'un du côté des envahisseurs mais sans pour autant les freiner dans leur élan colonialiste. Pas de quartier, les loups comme les moutons, les rapaces comme les poussins, seraient traités de la même manière.

Ceux qui avaient atterri en prison, peu importait le motif de leur arrestation, ne feraient certainement pas exception.

Autant d'évidences que des enfants n'avaient pas besoin d'intégrer. Louis et Roxanne s'en doutaient bien, alors qu'ils approchaient du mur d'enceinte, surmonté de lignes de barbelés posés en spirales; les trois gardes en treillis qui leur ouvrirent la porte durent quand même le leur rappeler, tout en compulsant leurs tickets d'admission. Une admission qui, à coup sûr, exclurait Tom.

— Je veux entrer, dit l'enfant.

– Tu ne peux pas, lui dit son père.

– Il ne vous attendra pas longtemps, dit l'un des gardes.

Tous les clients passèrent la porte et pénétrèrent dans l'enceinte, Tom y compris, qui resta près des trois gardes. Les autres s'avancèrent vers la prison proprement dite. Ils perçurent vite des bruits significatifs.

Les clients, au nombre de sept, furent « accueillis » par quatre soldats qui les encadreraient le temps de la visite; en même temps qu'ils furent frappés au visage par une odeur désagréable, qu'ils prirent d'abord pour une senteur de renfermé. Ils découvrirent un pénitencier des plus classiques, mais dont la plupart des portes, notamment celles ouvrant sur les cellules, semblaient ouvertes. Il s'agissait d'une authentique prison dirigée par une armée d'invasion, ce qui était une nouveauté; ces portes ouvertes devaient donc faire partie des signes intérieurs d'originalité.

Les prisonniers y étaient tous traités de la même manière. Ce qui posait un gros problème dans cet endroit, était justement la manière employée. Cette manière n'incluait ni la loi ni le droit humain le plus élémentaire. Les prisonniers étaient gardés et surveillés non pas par des matons vêtus de l'uniforme de la police ou d'un quelconque organisme spécialisé dans la sécurité au niveau carcéral, comme cela devrait être le cas, mais par de simples troufions, qui étaient tous du même côté – celui des envahisseurs américains – et qui n'avaient certainement pas reçu de formation pour ce genre de travail. Du coup, il n'y avait pas de règle, même pas la loi du talion; les prisonniers étaient traités non pas comme des gens dangereux, comme des criminels endurcis ou des terroristes en puissance, dont il faudrait se méfier et rester à distance ou qui auraient besoin d'être placés en isolement, mais plutôt comme d'autres soldats, comme des gamins en uniformes militaires venus du camp d'en face – donc censés détenir des « informations » sur ce camp –, qui auraient été faits prisonniers et qui, en plus d'être réduits à la plus totale impuissance, auraient été donnés en récompense et mis à disposition, et dont l'on pourrait faire tout et n'importe quoi, sans aucune limite de temps et d'action, dans un endroit officiel, imposant, fermé, isolé et totalement sous contrôle.

Ils avaient déjà débouché dans l'allée

principale, dont le sol était en partie souillé de traces de vomissures, d'ordures, d'excréments, d'hémoglobine ou d'urine. Cette allée était truffée de part et d'autre de portes barrées de métal, dont la plupart étaient ouvertes. Dans l'encadrement de certaines de ces portes, se tenait un soldat armé qui montait la garde ou pointait son arme sur la tête d'un prisonnier irakien qui hurlait dans sa cellule, pendant qu'un autre soldat frappait le prisonnier ou s'amusait au couteau sur son corps nu étalé par terre, tout en exigeant de lui qu'il « parle ». Au bout de huit portes, ces allées s'ouvraient des deux côtés sur d'autres couloirs adjacents, plus courts, plus étroits, donc plus susceptibles d'abriter les pires scènes de cauchemar.

Une femme parmi les clients se blottit contre un autre, qu'elle ne connaissait même pas. Tous étaient muets de stupeur et d'horreur devant les scènes épouvantables qui s'étalaient sous leurs yeux, et dont la liste décrite ci-après était loin d'être exhaustive.

Au fur et à mesure qu'ils avançaient, l'odeur s'était faite toujours plus forte, pestilentielle, accompagnée de rires de plus en plus bruyants. Ils atteignirent un de ces croisements et sur leur gauche, virent un prisonnier masqué qui se tenait en position christique, au bout du couloir, en équilibre instable sur une toute petite boîte en carton, et sous la surveillance de trois troufions. Avec la consigne de ne pas perdre cet équilibre, sous peine de se prendre une décharge électrique. Il finit bien entendu par le perdre et aussitôt, la punition survint; le détenu s'écroula, secoué d'horribles spasmes, sous les rires de ses tortionnaires, dont l'un tenait une boîte reliée par des fils aux mains et au pénis du détenu.

L'odeur devint insoutenable quand ils atteignirent un autre « croisement ». Ils virent alors, cette fois sur leur droite, deux prisonniers nus, couverts d'excréments des pieds à la tête. Tous les deux avaient les mains attachés dans le dos et étaient masqués de tissus qui leur avaient été attachés au niveau du cou; ainsi aveuglés et entravés, ils se couraient après à travers tout le couloir, avec interdiction de s'immobiliser; ils tâchaient surtout d'éviter d'entrer en collision pour ainsi éviter de se retrouver au sol, lequel avait été au préalable rendu glissant par des jets d'excréments; le tout au centre d'un public de soldats hilares, plantés sur le seuil des portes ouvertes. Le long du mur du fond, de nombreux autres prisonniers, également nus et masqués, et les poignets attachés dans le dos, attendaient leur tour de passer à cette immonde casserole.

Leurs mains collées sur le nez et la bouche, leurs cœurs au bord des lèvres, les clients continuèrent leur visite et passèrent devant un autre couloir. Là, ils virent un couple de soldats qui prenaient la pose devant trois autres prisonniers, nus eux aussi, étalés par terre, dans des positions atrocement vulgaires et dégradantes. En continuant, une porte s'ouvrit brusquement sur la gauche, et de la cellule sortit un prisonnier, mâle, nu, terriblement amaigri. Il était à quatre pattes et tenu en laisse par une femme-soldat aux cheveux courts, également nantie d'une sorte de cravache dont elle se servait sur lui à l'occasion.

— Dites-leur d'arrêter! fit soudain un client, un homme d'une quarantaine d'années. Pourquoi vous ne dites rien?

— Impossible, répondit un des soldats, ça fait partie de leur contrat, ils ne font que leur boulot. Les « prisonniers » aussi. Ce que vous voyez, ce n'est qu'une reconstitution.

— Une reconstitution très partielle, très édulcorée, d'ailleurs, dit un autre soldat. S'il s'agissait de tout refaire à l'échelle, on ne laisserait pas cet endroit libre d'accès.

– Pourquoi faisaient-ils ça, d'après vous? lança une femme.

Elle avait parlé au passé, elle était donc au courant de l'épisode des prisons américaines en Irak, notamment celle d'Abou Ghraïb, dans lesquelles des militaires et aussi des agents de la CIA, se livraient impunément à la maltraitance, à la torture, au viol et au meurtre sous prétexte d'interrogatoires.

Ce qui n'était pas le cas de tout le monde parmi les clients présents.

– Sans doute parce qu'on leur a donné l'autorisation, et aussi parce qu'ils pensaient avoir affaire à de vrais loups féroces, qu'ils tenaient totalement en leur pouvoir, expliqua un autre soldat. Avant l'ouverture des hostilités, ils ont vu à la télé leur président Bush répéter sans arrêt que Saddam Hussein détenait et cachait des armes de destruction massive, qu'il avait des liens avec Al-Qaïda, qu'il faisait donc partie des commanditaires des attentats du 11 septembre; et ils ont tout gobé.

– Il faut comprendre, enchaîna un autre soldat, qu'aux yeux de la plupart des Américains, tous les Arabes sont des dingues qui se promènent en pleine rue avec des Kalachnikovs, qui posent des bombes et des mines partout et qui, au nom d'Allah, sont prêts à jouer les kamikazes à n'importe quel moment et s'envoyer au casse-pipe tout seuls. Les soldats, qui pour la plupart ne sont pas allés loin à l'école, voire qui n'y sont jamais allés, qui n'ont donc pas d'éducation, qui ne connaissent rien à rien, ne voient pas plus loin que ça. Les attentats du 11 septembre et les allégations insensées de Bush, de Cheney, de Rumsfeld ou de Colin Powell avec sa fiole au Conseil de Sécurité de l'ONU, n'ont pas arrangé les choses.

— Et tous ces prisonniers, qui étaient-ils?

Tous les soldats haussèrent les épaules dans un seul ensemble. L'un d'eux répondit:

— Pour la plupart, de simples citoyens irakiens qui ont eu le malheur de se faire prendre dans des rafles. S'ils ont atterri ici, c'est peut-être parce qu'ils étaient trop barbus, parce qu'ils ressemblaient un peu trop à Bin Laden.

Durant leur incarcération, aucun des détenus n'avait droit aux soins médicaux, même — surtout — après une blessure infligée par leurs geôliers; au contraire, tout était fait pour que cette blessure s'aggrave voire s'infecte. Aucun d'eux non plus, n'était autorisé à se servir des toilettes; tous étaient systématiquement forcés de se soulager sous eux ou par terre.

– Ils n'avaient jamais rien fait, alors?

Le soldat ricana.

– Tout ce que je peux vous dire, c'est que ce ne sont certainement pas des chefs de groupes terroristes ou des fous d'Allah, qui se seraient laissés humilier et démolir de la sorte, sans réagir. Ils auraient préféré se sacrifier avant même d'être arrêtés ou amenés dans ce genre d'endroit. Question d'honneur.

– Donc, ce n'étaient pas des fous terroristes?

– C'est fort improbable. Pour moi, c'étaient des gens normaux avec des familles, qui espéraient juste s'en tirer et rester en vie, quel que soit le prix à payer. Les fous terroristes, comme vous dites, ne se laissent jamais prendre vivants. Et à l'époque, le terrorisme n'existait pas en Irak. Il n'y avait qu'un dictateur sanglant, qui était assis sur un océan de pétrole.

– Est-ce qu'il y a eu des morts?

– Oui, il y en a eu. Plusieurs, qui ont succombé à la torture, dans leurs propres cellules. Ou qui ont été purement exécutés, pour « manque ou refus de coopération ».

Il désigna une pile d'objets placés les uns sur les autres, au beau milieu d'un autre couloir qu'ils venaient d'atteindre. Il s'avança dans cette direction, semblant inviter les clients à le suivre, mais seuls deux le firent. Ce n'étaient ni Louis ni sa fille.

Les deux 'têtes brûlées' se rendirent compte que les objets empilés étaient… des corps humains, totalement nus, qui devaient être une bonne dizaine. Certains d'entre eux portaient des traces très nettes de sang au niveau des organes génitaux. En face de la pile, qui devait atteindre un bon mètre de hauteur, un autre couple de troufions américains prenait la pose, tous sourires, pouces levés en signe de triomphe et de supériorité, tandis que de l'autre côté, un de leurs acolytes enclenchait son appareil.

– L'être humain est déjà assez mauvais, dit le soldat qui ne pouvait plus cacher son écœurement, mais quand on lui lave le cerveau avec les pires calomnies, des mensonges grossiers, des choses totalement dénuées de sens que leurs dirigeants lui répètent sans arrêt et qu'il finit par croire sans réserve, voilà ce que ça donne.

– Voilà aussi comment on peut attiser la haine et la furie vengeresse de quelques-uns, si ce n'est de tout un peuple, compléta un autre. Nous autres Occidentaux disons toujours vouloir tout mettre en œuvre pour lutter contre le terrorisme, mais inutile de se voiler la face: quelque part, ce terrorisme, c'est nous qui le créons. Nous faisons donc tout pour en être frappés au maximum.

Au bout d'un petit instant, Roxanne demanda:

– Vous avez dit que vous ne montriez pas tout, vous pourriez donner des exemples?

– Vous le voulez vraiment?

– Ben… oui, dit-elle en haussant les épaules.

– Si vous y tenez. (Le soldat laissa passer trois secondes.) Parmi les prisonniers, il y avait des femmes. Elles étaient systématiquement battues et violées. On a préféré ne pas en mettre ici, ce ne serait pas soutenable. Pourtant, vous savez, certaines femmes originaires d'Irak et aussi de Syrie notamment, voulaient jouer le jeu de la reconstitution, mais nous n'avons pas voulu. Il y avait aussi quelques enfants, qui eux aussi ont été abusés sexuellement par des adultes – le pire, c'est que ce genre de scène était aussi photographié. Pour mieux intimider les prisonniers, les soldats utilisaient aussi des gros chiens, très agressifs, qui ne portaient pas de muselières. Certains détenus ont été sévèrement mordus. D'autres encore, après avoir été humiliés et frappés sans répit avant ou pendant leurs prétendus interrogatoires – on leur urinait ou déféquait même dessus au passage, on allait même jusqu'à verser de la poudre sulfurique sur leurs corps dénudés –, étaient soit privés de sommeil pendant des jours, soit abandonnés dans des réduits étroits et humides, sans lumière ni eau ni nourriture, et sans vêtements ni soins médicaux, entre autres distractions, le tout pendant des périodes très longues. L'un d'eux, une femme d'une cinquantaine d'années, qui a été raflée chez elle avec toute sa famille, a été gravement blessée à la jambe gauche et aux deux pieds pendant son transfert, puis enfermée délibérément sans soins, dans une cellule glacée. Elle a failli y laisser sa jambe qui s'était infectée. Son incarcération a duré cinq mois; depuis, elle peut à peine marcher.

Cette dernière précision fit parcourir un gros frisson glacé à travers tout le corps de Roxanne, qui avait tâté de ce genre de traitement test dans ce parc, et qui avait perdu les pédales au bout de quelques minutes seulement, sans endurer la moindre maltraitance ou privation. Sa honte redoubla.

– Ce que je ne comprends pas, fit Roxanne outrée, c'est comment toutes ces horreurs ont pu arriver aux oreilles des médias et du public. Je croyais que toutes ces prisons étaient fermées au monde extérieur, et que rien ne pouvait en sortir? L'armée n'a jamais rien fait pour étouffer tout ça?

– Bien sûr que si. Mais tout finit toujours par se savoir, surtout quand c'est aussi énorme. D'ailleurs, vous en avez vus certains se prendre en photo.

– Oui.

– Ils ont pris des dizaines de photos. Si vous voulez savoir ce qui a pu se passer après, il faudra vous renseigner.

Un autre soldat prit sa suite:

– Je pense que ces petits salauds en uniforme ont envoyé eux-mêmes leurs photos à la presse, avec la certitude d'en tirer tous les honneurs et un statut de héros, de star, dit-il. Et ça ne s'est pas passé comme ils l'espéraient. Dans nos médias, le plaisir sadique passe difficilement, même en période de guerre, et surtout quand toutes les preuves sont là, offertes sur un plateau.

— Je crois que tu te trompes sur un point, répliqua un autre. D'accord, ils ont envoyé leurs clichés à la presse, mais ils l'ont fait d'abord parce qu'ils se croyaient couverts par leur hiérarchie et leur gouvernement. Des revues comme le *Time* en ont sorti quelques-unes et ça a tout déclenché. Certaines victimes se sont plaintes, puis Amnesty International s'en est mêlé.

— Vous voulez dire que c'est Bush, Cheney et consorts qui leur ont dit de s'adonner à de telles pratiques? fit Roxanne.

— Dick Cheney a dit lui-même, publiquement, en direct à la télévision, et très tranquillement, qu'il cautionnait ce genre de « méthode ». Il a aussi dit que les Etats-Unis se devaient de passer dans le « côté obscur », sur le dossier irakien. Oui, c'était la consigne. Pour rendre leurs prisonniers soi-disant plus dociles et malléables. Et tous ces petits salopards ont été couverts. Ils n'ont jamais été poursuivis, ou alors ils l'ont été à titre symbolique, et condamnés à des peines ridicules. Mais pour Bush, Cheney et compagnie, c'était encore trop. En 2006, soit après les faits, ils ont donc fait voter une loi au Congrès, le *Military Commissions Act,* qui autorisait leurs soldats à arrêter n'importe quel « suspect » sans aucune raison valable, à l'emprisonner et le détenir indéfiniment sans aucun jugement ni inculpation et à l'interroger de la manière la plus dure, la plus extrême qui soit, tout en lui retirant le droit, par la suite, de porter plainte.

Tom, en effet, n'avait pas eu à attendre longtemps. La visite avait duré moins d'un quart d'heure. Quinze minutes qui avaient paru s'étirer interminablement dans le temps pour les visiteurs. Tous, son père et sa sœur y compris, semblaient avoir été changés en statues de cire ou de sel, auxquelles l'on aurait donné une possibilité, très limitée, de se déplacer.

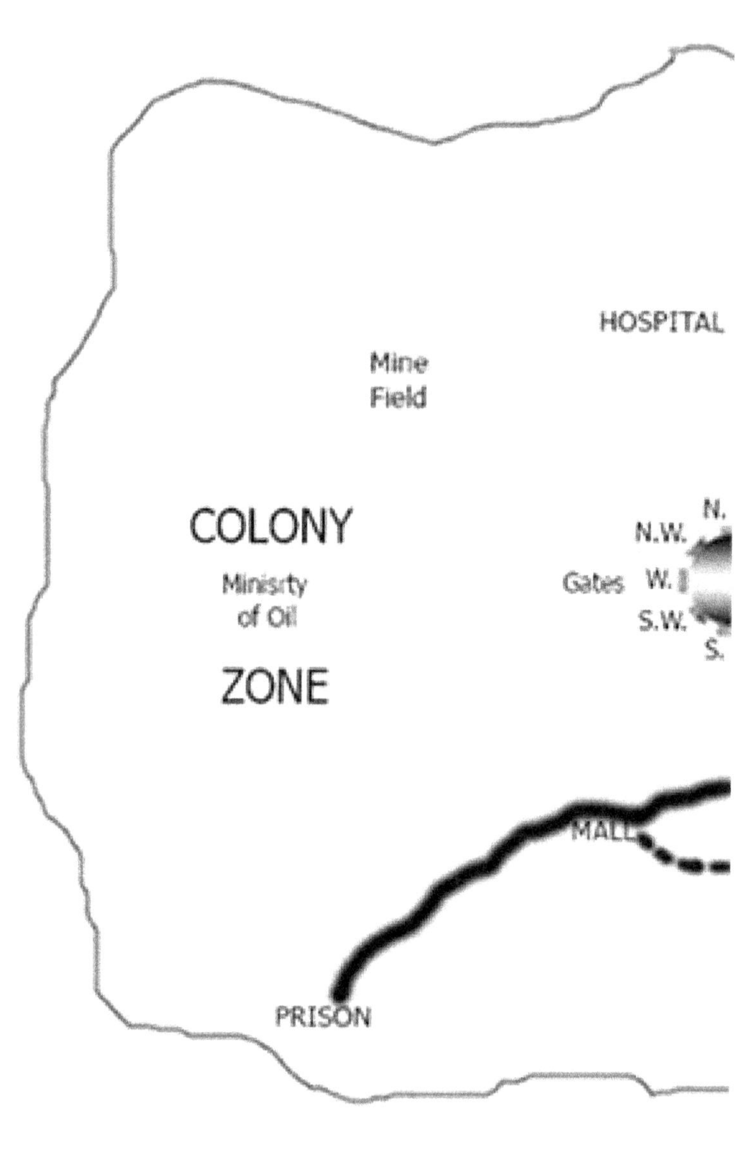

HOSPITAL
Mine
Field
COLONY
Minisrty
of Oil
ZONE
N.
N.W.
Gates
W.
S.W.
S.
MALL
PRISON

Pendant la visite de la prison, Louis n'avait pas prononcé un seul mot. Il avait entendu parler des prisons américaines en Irak et savait qu'il s'agissait des mêmes que celles dans lesquelles Saddam Hussein et sa clique procédaient à leurs épurations personnelles. Il avait donc toujours eu du mal à croire que les Américains aient pu investir tout un pays par la force et venir déchoir son unique dirigeant, le faire tomber de son piédestal, pour à l'arrivée, récupérer ses prisons et y reproduire ses atrocités quasiment à l'identique, qui plus est, sur des parfaits étrangers qui ne leur avaient jamais rien fait.

Pour lui donc, ces faits rapportés par les médias américains n'étaient que des fables à sensations. Des blagues pour touristes. Même s'il savait aussi que l'administration Bush avait cautionné certaines procédures extrêmes, et donné le feu vert à ses forces sur place pour qu'ils les appliquent. Mais il n'avait jamais cru à ce qu'il avait lu dans la presse. C'était trop contraire à l'image idéalisée qu'il gardait des institutions de son pays.

Le choc que lui procura cette visite éclair n'en fut donc que plus fort, d'autant plus qu'il ne s'attendait absolument pas à ce genre de démonstration, aussi poussée. Pourtant, en y réfléchissant bien, il aurait dû s'y attendre. Surtout depuis le temps qu'il s'imprégnait de l'ambiance particulière, grise et violente, de ce parc décidément riche en surprises. Son refus d'admettre une réalité trop pénible lui avait joué un sale tour. Le temps aidant, il se rendait compte qu'il venait de visiter ce qui avait ressemblé à un authentique camp de concentration, créé de toutes pièces par le gouvernement, l'armée et les services secrets de son pays; en deux mots, par des brutes. Le retour de bâton allait être dur à digérer – il lui fallait tout de suite passer à autre chose, histoire de mieux faire passer la pilule.

Il retrouva l'usage de la parole une fois sorti de l'enceinte de l'établissement. Là, il remarqua le mini-bus et crut avoir affaire à un mirage.

Il s'écarta du petit groupe de visiteurs-zombies et se mit à examiner la carrosserie.

– Excusez-moi, lança-t-il soudain à l'adresse d'un des soldats qui encadraient encore le petit groupe.

– Oui? fit le bidasse.

– Ce bus, là, c'est le même que celui qui nous a amenés ici, ou...

– Oui, c'est le même.

– Ah bon. (Il laissa passer un moment avant d'ajouter, perplexe:) Dans ce cas, où sont les traces d'impacts?

La carrosserie était intacte.

– Oh. (Le soldat paraissait étonné.) Vous êtes bien le premier aujourd'hui à nous faire la remarque.

– Le premier depuis longtemps, je dirais même, ajouta un autre.

– Alors?

Ce fut sa fille qui répondit:

– C'était fait semblant, papa, dit-elle.

– D'accord, mais tous ces bruits, pendant qu'on roulait, c'était quoi au juste?

– C'étaient des petites charges explosives que nous avons fixées sous la carrosserie, répondit le premier soldat, et que nous avons fait sauter l'une après l'autre, à distance, au bon moment.

— Ah! s'exclama-t-il de saisissement. Et... et la vitre qui a éclaté?

La vitre en question, elle, ne s'était pas rematérialisée; elle manquait toujours.

— Même chose. Nous l'avons fait sauter avec ces mêmes petits explosifs, placés des quatre côtés de la vitre, et que nous avons activés en même temps, cette fois.

— Je vois.

La mine aussi, avait été déclenchée à distance, mais pas la petite cascade sur deux roues qui en avait résulté; les soldats préférèrent ne pas en parler.

— Nous n'allions quand même pas vous tirer dessus, poursuivit le soldat. Il s'agissait uniquement d'en donner l'illusion, en simulant des tirs de sniper et les impacts de balles qui vont avec, et en général, ça prend.

— Ça prend tellement bien que nous n'avons même pas besoin de laisser des traces sur nos carrosseries, dit l'autre. Les gens sont tellement pris par surprise quand on leur fait ce genre de coup, qu'ils ne pensent pas à vérifier, et même quand ils le font, ce qui n'arrive pas souvent, ils ne posent pas de questions. Ils ont trop les jetons.

Tous, y compris Tom qui frissonnait toujours, avaient écouté avec la vague impression de s'être fait avoir quelque part.

Le véhicule ne sauta sur aucune mine et ne fut pris pour cible par aucun tir de sniper pendant son trajet suivant.

Ce trajet fut parcouru sur des routes en bien meilleur état que la moyenne. Il fallait dire que depuis leur départ de la prison, nos clients ne traversèrent que des zones totalement contrôlées par l'armée américaine. Celle-ci veillait donc à ce que leurs membres, surtout leurs plus hauts représentants, ainsi que ceux sur lesquels ils étaient chargés de veiller, puissent se déplacer dans les conditions les plus optimales possibles.

Tous, dans le mini-bus, se doutaient bien de la destination du véhicule. Surtout depuis qu'ils venaient de pénétrer dans la zone correspondante. Une zone qui tranchait radicalement avec la précédente mais qui la rejoignait dans un symbole fort, celui de la domination américaine, en tout cas d'une mainmise certaine, en contrée résolument hostile.

Louis, qui avait de nouveau déplié sa carte malgré tout, tenta de repérer l'emplacement exact du véhicule dans le parc, en insistant sur la parcelle correspondant à la limite entre la zone qu'ils venaient de quitter et celle dans laquelle ils venaient d'entrer. Il estima qu'ils arriveraient à destination dans un gros quart d'heure, et l'annonça à ses deux enfants. Puis il replia sa carte et les imita dans la contemplation du panorama.

Après l'immense et pénible terrain plat, terreux, plein de sous-entendus mauvais, au centre duquel était plantée cette odieuse prison de la torture et de la mort, les Mot-motty découvraient à quoi pouvait ressembler un quartier dominé par le luxe, le clinquant. Les bâtiments de hauteurs diverses, ultra-modernes, succédaient irrésistiblement aux villas les plus cossues, le tout longeant et encadrant des chaussées et trottoirs goudronnés en parfait état. Tout respirait l'argent, l'opulence et la prospérité, à un point tel qu'à l'instant même où ils avaient franchi la limite de cette nouvelle zone, la grisaille si caractéristique du parc s'était volatilisée comme par magie. Désormais, le bleu du ciel dominait, presque sans aucun nuage, et le soleil resplendissait comme jamais. Qu'il s'agissait de la circulation piétonne ou routière, tout se rejoignait dans la tranquillité matérielle; finis les soucis, plus question de se battre pour simplement vivre, tout le monde rayonnait, tout le monde vivait sa vie au maximum.

Ce quartier correspondait à la « zone-colonie » du parc. Directement inspiré par certains quartiers financiers et résidentiels créés à travers le monde par des régimes agressifs, dits « civilisés » et leurs armées ultra-puissantes, dans des pays ou contrées arriérés ou affaiblis dont ils avaient pris plus ou moins le contrôle. Des quartiers cloisonnés, ultra-sécurisés, et réservés à une seule élite communautaire précise.

A peu près au centre de cette zone, se trouvait l'institution qui symbolisait l'invasion coloniale et la puissance tranquille et prospère qui en avait découlé.

Il s'agissait ici du **Ministère du Pétrole.**

Ce bâtiment, au demeurant banal, mais qui avait constitué à lui seul l'unique réelle motivation des Américains avant de s'inviter en Irak et de destituer son dirigeant par la force. De perpétrer un véritable coup d'État, déguisé en simple croisade anti-terroriste. Sur ce bâtiment reposait tout entier, le contrôle de toutes les ressources pétrolières du pays, un contrôle masqué derrière un nom de code, « Opération Liberté de l'Irak ». Un contrôle qui passait par la mise à l'écart d'un dictateur sanglant devenu encombrant, devenu un trop gros obstacle vers des montagnes d'or noir et de billets verts.

L'institution s'étendait sur un hectare et était interdit d'accès. Il s'agissait pourtant de l'« attraction » de la zone, devant laquelle les clients étaient amenés et invités à descendre. De nombreux soldats, armés de mitrailleuses et/ou de Kalachnikovs, qu'on pouvait deviner chargées à ras-bord, gardaient l'enceinte comme s'il s'agissait de leur propre mère ou de Dieu en personne. Autour, les clients semblaient résignés ou faisaient mine de l'être. Certains cherchaient à passer entre les mailles et se faisaient plus ou moins poliment refouler.

Le mini-bus s'arrêta juste en face de l'entrée, devant laquelle les soldats armés, aux allures menaçantes, semblaient agglutinés. Ce Ministère se trouvait au beau milieu d'une zone peut-être mieux gardée que Fort Knox; il avait des allures de forteresse quasi-imprenable, dont les clés étaient interdites à tous, y compris à cette élite précise pourtant si privilégiée – à l'exception peut-être d'une toute petite partie de cette élite, qui trônait sur certaines grosses compagnies pétrolières américaines (notamment Halliburton[1] et Exxon Mobil), mais aussi britanniques et saoudiennes.

Comme quoi tout avait un prix, y compris ce que n'importe quel être humain était censé vivre, à savoir une existence toute simple, débarrassée de toutes les contraintes inhérentes à nos sociétés. Et que paradoxalement, une abondance d'argent – cette abondance à laquelle aspirait quasiment tout le monde – ne suffisait pas toujours à gommer totalement. Parce qu'avec cette abondance venait tout de suite se poser le problème de la sécurité – entre autres.

Ce Ministère, qui symbolisait cette abondance – une abondance volée – en était un exemple frappant.

Une fois descendus du bus, les clients se crurent un instant sur Wall Street, avec ce Ministère qui ferait office de Bourse. Sauf que les buildings autour du Ministère n'étaient pas aussi hauts. Loin de là.

Ils regardèrent autour d'eux. Puis circulèrent dans la mêlée. Puis entrèrent dans certains des bâtiments, ceux qui jouxtaient di-

1. Cette multinationale a été dirigée par un certain... Dick Cheney, de 1995 à 2000, soit pendant les années qui ont précédé son accession à la vice-présidence.

rectement le Ministère. Seuls ces bâtiments étaient accessibles au public, et par la même porte d'entrée-sortie, qui donnait directement sur... le Ministère. Des bâtiments qui ne proposaient, au niveau du rez-de-chaussée et du premier sous-sol, que des magasins à la gloire de l'armée et de la police américaines, et de l'administration Bush qui avait été à l'origine de ce tel étalage de succès. Des magasins qui avaient des airs de musées.

– Papa, tu crois qu'on peut acheter à manger dans le coin? demanda Tom.

– Je ne crois pas, dit son père.

Il commençait à bien connaître ce parc, où rien ni personne n'était à sa place. Et en effet, ils ne trouvèrent rien à consommer nulle part. Rien de substantiel, du moins. Parce que les stands de vente de boissons fraîches ne manquaient pas. Mais c'était tout. Comme si, si nourriture il y avait, elle était elle aussi réservée à cette même élite, cette communauté toute-puissante.

Ils visitèrent un magasin particulièrement étendu et coloré, consacré à l'armée de l'air américaine. C'étaient des pilotes de jets qui servaient à la fois de guides et de vendeurs, à l'intérieur de ce magasin. L'un d'eux ne tarda pas à les aborder, avec un grand sourire dentifrice, et leur vanta les mérites de ce métier à risques, lequel consistait d'abord à protéger l'espace aérien américain. Son sourire s'altéra un tantinet quand Roxanne lui rappela l'échec cuisant par lequel cette mission de protection s'était soldée, lors d'une certaine journée.

— Roxy! s'exclama son père.

Le pilote-vendeur hocha gravement la tête, sans se départir de son sourire.

— Nous n'avons pas grand-chose à voir dans ce terrible fiasco, répondit-il. Tous ces avions étaient des Boeings qui survolaient normalement notre espace aérien. Ils ont été détournés exactement au même moment, et beaucoup trop près de leurs cibles. Ces types savaient que nous n'aurions pas le temps de les intercepter. Ils n'étaient pas tombés de la dernière pluie.

— Pas grand-chose à voir, vous dites? fit Louis.

— Nous avons fauté, c'est sûr.

— En quoi? interrogea Roxanne.

— Des tas de gens que nous étions censés protéger, sont morts. Des tas d'autres souffrent le martyr et continueront à souffrir jusqu'à la fin de leurs jours. Oui, nous avons échoué, reconnut le vendeur. Parfois, au vu de circonstances défavorables, nous nous retrouvons dans la peau d'officiers de police ou de la cavalerie qui arrivent en retard, sans pouvoir rien faire pour empêcher l'irrémédiable.

Roxanne le regarda avec ébahissement. Une telle franchise était rare au sein d'une institution de ce calibre. Puis elle se rappela qu'elle se trouvait dans un parc à thème.

– Nous avons échoué à empêcher l'attentat le plus grave jamais commis sur notre sol, mais nous sommes toujours là, reprit le vendeur qui s'exprimait désormais en soldat. Et nous travaillons désormais d'arrache-pied pour que ce genre de catastrophe ne se reproduise plus.

– Et que faites-vous, en particulier? demanda Louis.

Le pilote-vendeur resta coi un instant, semblant peser une certaine décision. Puis:

– Suivez-moi, fit-il.

Et il se mit en mouvement, les Motmotty sur ses talons; ils sortirent du magasin et se retrouvèrent dans le hall principal, noir de monde. Le vendeur finit par emprunter un escalator qui les emmena au niveau inférieur, au premier sous-sol.

Les Motmotty découvrirent alors une unique salle immense, dont deux des côtés étaient occupés par des grosses machines de jeux vidéo, qui en parsemaient également une partie centrale; et les deux autres, par des grands écrans accrochés aux murs, qui déroulaient également des jeux vidéo. La pièce était surtout fréquentée par des enfants et adolescents, plantés devant ces machines ou assis dans des fauteuils placés devant ces écrans et qui jouaient, actionnaient frénétiquement leurs joysticks, faisaient tourner des manettes, tapaient sur des boutons, criaient, hurlaient, rigolaient, juraient, dans le tintamarre le plus général. Pourtant, la pièce n'était pas bondée mais les voix des gosses déchaînés portaient et résonnaient.

— Ouaouh! s'écria Tom, les yeux ronds. Qu'est-ce que c'est que ça?

Louis et Roxanne se tournèrent vers le pilote-vendeur, qui souriait légèrement.

— Si c'est une plaisanterie, elle est de mauvais goût, fit Louis d'un ton mécontent.

— Ce n'est pas une plaisanterie, répliqua l'autre en secouant légèrement la tête.

Il se marrait quand même un peu. Roxanne le nota:

– Ah non? fit-elle. Vous avez pourtant l'air de la trouver drôle.

– Vous devriez jouer un peu, fit le type. C'est un conseil.

– Aucun problème, lâcha Tom et il s'éloigna au pas de course.

– Tom! s'exclama Roxanne en se lançant à sa poursuite.

– Merci beaucoup, dit Louis.

– Suivez-moi, fit le pilote en se remettant en mouvement. Je vais vous montrer.

Roxanne finit par repérer son frère, qu'elle avait d'abord perdu de vue, et qui était déjà planté devant une des machines, et déjà à fond dans une partie. Elle ne le dérangea pas. Sans y prêter une attention particulière, elle nota le titre du jeu en question.

« ***Game of Drones*** ».

Le nom lui sauta littéralement au visage au moment où elle comprit en quoi consistait ce jeu. Et pourquoi ce type en uniforme de l'US Air Force les avait amenés là.

Il s'agissait tout simplement de familiariser les jeunes avec le pilotage des drones aériens. Et, elle en était sûre, avec leur principale utilisation: le tir de missile, ciblé, chirurgical, perpétré n'importe où mais à distance – des milliers de kilomètres de distance. Une utilisation qui cadrait parfaitement avec le caractère exclusivement violent de la grande majorité des jeux vidéo présents sur le marché.

Elle regarda plus attentivement autour d'elle, et finit par s'éloigner de son frère qui ne lui avait pas prêté la moindre attention. Elle vit alors que la salle était entièrement consacrée à ce jeu. Au point que toutes les consoles connues y passaient, PlayStation, Nintendo, Xbox, etc.

Toutes les parties étaient gratuites, mais Roxanne n'en joua pas une seule. Elle revint vers son frère qui en profitait au maximum. Son père et leur pilote, devenu guide pour l'occasion – vu qu'il n'y avait rien à vendre dans la salle – se trouvaient aux côtés du gosse.

Pour un début, Tom ne se débrouillait pas trop mal. Il avait déjà détruit sept cibles sur dix-huit. Plus il détruisait de cibles, plus celles qui suivaient diminuaient en tailles et diamètres, et plus elles étaient difficiles à frapper. Tom n'avait droit qu'à un seul tir; le but du jeu étant de détruire les cibles terrestres du premier coup. En cas d'échec, la tentative était remise à son point de départ.

Mais avant d'arriver à portée de tir, le joueur devait d'abord éviter les tirs de guetteurs au sol, des guetteurs invisibles, armés de bazookas et de lance-roquettes, qui n'étaient pas nombreux au début mais le devenaient de plus en plus au fur et à mesure. Comme tout bon jeu qui se respecte, celui-ci augmentait en difficulté au fur et à mesure que le joueur bravait les tirs et atteignait les cibles désignées. En plus des guetteurs au sol qui se multipliaient, et leurs tirs en proportion, des avions ennemis faisaient aussi leur apparition, des avions que le joueur devait éliminer le plus vite possible pour ne pas avoir à esquiver leurs projectiles; du coup le drone et son « pilote » étaient obligés de prendre de l'altitude et les cibles devenaient de moins en moins visibles et faciles à atteindre.

– Voilà ce que nous faisons, pour lutter plus efficacement contre la terreur, fit le pilote-guide.

Les cibles étaient basées en priorité dans des territoires hostiles aux Etats-Unis d'Amérique, surtout ceux désignés comme faisant partie de l'« Axe du Mal »: l'Irak, l'Iran et la Corée du Nord. Le joueur avait également le choix entre d'autres États dits 'voyous' comme la Syrie, la Tchétchénie, l'Afghanistan ou la Palestine, ainsi que des pays occidentaux qui s'étaient attirés les foudres des Américains en refusant de joindre la coalition armée contre l'Irak. Parmi ces pays se trouvaient la France, l'Allemagne et aussi le Canada.

Louis regarda le type avec circonspection.

– Ça vous arrive, de jouer à ça? dit-il.

– Non, j'ai passé l'âge, répondit l'autre.

– Vous avez déjà opéré ce genre d'appareil?

– Non. Je ne pilote que des avions de combat.

Tom commençait à s'énerver. Il perdait sans arrêt. Les guetteurs et avions ennemis l'avaient réduit en charpie à trois reprises, il lui restait deux tentatives pour détruire cette satanée cible apparemment imprenable. Le joueur disposait en effet de trois tentatives pour détruire une même cible, puis cinq passé un certain seuil. Tom avait passé ce seuil avec succès mais depuis, bloquait sur la première cible dite 'premium'.

– Ces drones ne constituent qu'une alternative à l'intervention militaire, dit le pilote. Nous les utilisons d'abord pour détruire des cibles précises, pas pour mener une guerre.

– Je dirais plutôt que vous les utilisez dans des pays où vous êtes intervenus militairement, pour rien ou pas grand-chose, et avec des pertes humaines significatives, répliqua Louis avec un aplomb qui étonna Roxanne.

– Des pertes que nous désirons éviter aujourd'hui, dit l'autre. Oui, vous avez raison. Je ne peux que l'admettre.

– Vous admettez donc aussi, que vous tentez d'éliminer à distance, des menaces terroristes que vous avez vous-mêmes créées?

– Ce n'est pas l'armée de l'air qui prend les décisions de déclarer la guerre à tel ou tel pays ou de le bombarder directement, avec les conséquences que vous savez. Notre mission première est de protéger le peuple américain en surveillant l'espace aérien et en éliminant ceux qui viennent le violer. La guerre, les drones, c'est un autre niveau.

– Un niveau d'ordre politique? interrogea Roxanne.

– Bien entendu, confirma le pilote-guide.

Ce sont toujours les politiques qui nous envoient au charbon.

— Sauf que dernièrement, ils ont décidé d'y envoyer autre chose, enchaîna Roxanne.

— Oui, et nous devons remercier Obama pour ça. De plus, nous ne tirons jamais de missile nulle part, et sur qui ou quoi que ce soit, sans son feu vert. Alors que pendant l'invasion puis l'occupation de l'Irak, Bush, Cheney, Rumsfeld et les autres laissaient carte blanche aux soldats, qui pouvaient se permettre tout et n'importe quoi. Si l'Irak avait été rayé de la carte, ça ne les aurait pas beaucoup dérangés.

— Et vous ne craignez jamais des dommages collatéraux? Des innocents tués?

— Nous en avons toujours peur. Nos cibles humaines se savent traquées, donc elles s'arrangent toujours pour se fondre dans la masse, et se maintenir dans des endroits très fréquentés. Nous ne pouvons rien faire pour les en dégager.

Louis laissa passer un instant, le temps de voir son fils qui commençait une autre partie, avant de lancer:

— Ça ne vous ennuie jamais, d'être toujours obligés de vous plier à la volonté de gens qui n'y connaissent rien en stratégie militaire?

Le pilote-guide sourit aimablement:

— Les gens dont vous parlez, ces leaders politiques, n'agissent pas tout seuls, vous devriez le savoir. Ils sont entourés de tout un tas de stratèges, d'experts, militaires surtout, qui les renseignent et les conseillent à tous les niveaux. Malheureusement, ça peut arriver que nos chefs politiques soient totalement corrompus, incompétents et irresponsables, en plus d'être complètement dingues. Quand ça arrive, leurs conseillers n'ont plus qu'à parler dans le vide. Ils n'ont pas les compétences pour les soigner. Et tant que nos dingues ont pleins pouvoirs, personne en-dehors de leur cercle ne peut discuter de leur état mental. Imaginez un seul membre de l'administration Bush ou Trump qui amènerait un docteur ou un psy dans le bureau ovale... ça ferait désordre.

— Vous êtes de quel bord politique? demanda Louis.

— Je suis démocrate, évidemment. Mais je n'ai pas besoin de l'être pour savoir que Bush et les plus hauts membres de son administration étaient des menteurs, des manipulateurs et des criminels, qui doivent être jugés pour ce qu'ils ont fait. Ils ont torturé et tué énormément de monde pour rien. Au nom de cette prétendue « guerre contre le terrorisme », ils ont attaqué et détruit un pays souverain et laïc, qui n'avait jamais perpétré d'attaques terroristes nulle part. Et ce faisant, ils ont créé beaucoup plus de terroristes qu'il n'y en avait avant leur arrivée au pouvoir.

– Les employés dans ce parc, ils sont du même bord que vous?

– Les soldats et les policiers, ceux qui opèrent à l'intérieur, sont tous très à gauche. Comme moi. C'est le premier critère pris en compte au moment de l'embauche.

– Et les autres?

– Vous voulez dire, ceux qui assurent l'accueil et la sécurité à l'extérieur des grilles? Leur opinion n'a aucune importance. Celle des chauffeurs de bus n'en a pas beaucoup. On attend seulement d'eux qu'ils conduisent et qu'ils se taisent.

– Comment avez-vous été embauché?

– J'ai reçu un email anonyme, avec la question que vous avez posée. J'ai répondu « Démocrate », sans savoir à quoi m'attendre. On m'a par la suite envoyé un autre message avec des précisions à apporter, puis j'ai reçu tous les détails de la part de l'administration de ce parc qui m'a laissé le choix. J'ai dit oui et ils m'ont pris.

– C'est tout? fit Roxanne.

– C'est tout. On ne vous demande pas grand-chose; juste d'être policier ou soldat, et d'être démocrate avec des idées bien arrêtées.

– Par exemple? lança Louis.

Le pilote-guide laissa passer un instant.

– Les Démocrates, surtout les plus libertaires, comme nous autres ici, sont au service des gens. Les Républicains, eux, sont au service d'eux-mêmes et n'en ont absolument rien à faire des autres. Les pires, comme Cheney ou les Bush, leur cas est très simple: ils ont la folie du fric. Ils ne pensent qu'à ça. Et tous les moyens leur sont bons pour s'en mettre plein les poches. Y compris inventer des fausses menaces, manipuler toute leur opinion publique et soutirer *sept cents milliards de dollars* au contribuable pour aller massacrer les gens plus facilement, juste histoire de déblayer le chemin vers quelques puits de pétrole et se faire gratuitement plein d'autres milliards, qu'ils n'ont ni rendus au contribuable ni injectés dans notre économie et notre budget, qui est toujours aussi largement déficitaire.

« Une autre idée qui me travaille depuis un moment, c'est que lors des élections présidentielles de l'an 2000, Al Gore a reçu plus de voix que Bush. Donc normalement c'est lui qui aurait dû être élu président. S'il l'avait été, les attentats du 11 septembre ne se seraient jamais produits, c'est à peu près certain. Les « guerres » en Irak et en Afghanistan n'auraient pas éclaté – en tout cas, je ne crois pas. Et Daesh n'existerait pas aujourd'hui. Maintenant c'est juste une idée. Dites, vous êtes des journalistes?

– Pas du tout, répondit Roxanne avec un sourire.

– Je suis proviseur de lycée, dit Louis. Mais en rentrant, je pourrais me faire professeur.

– Quand vous avez dit que vous utilisez ces drones pour lutter contre la terreur, c'était ironique ou pas? interrogea Roxanne.

– Pas du tout, répondit le pilote. C'était très sérieux. Il y a une terrible vague de terreur en ce moment. Mais ce sont Bush et Cheney qui l'ont provoquée. Et c'est Obama qui est obligé d'y faire face à leur place. La meilleure façon pour lui de le faire – de faire le ménage derrière ses prédécesseurs dingos – sans risquer plus de vies humaines de notre côté, c'était d'utiliser ces appareils qui existent depuis longtemps.

– Pourquoi Bush ne l'a pas fait avant?

– Je l'ai dit, ces appareils servent à frapper des cibles précises, pas à mener un conflit armé. Bush a mené une guerre de colonisation, pour le pétrole. Et ce n'est pas avec des joujoux volants qu'on peut espérer la gagner vite fait. Surtout que des drones peuvent facilement être détruits par l'adversaire. Ce clown a donc cherché à coloniser l'Irak en prétendant mener une « guerre contre la terreur », pour ensuite dire que le monde était plus sûr sans Saddam Hussein (il étouffa un petit rire); mais après on ne l'a pas entendu une seule fois s'exprimer sur ce nouveau groupe terroriste qu'il a engendré, à savoir Daesh, ni sur leurs attentats répétés au Moyen-Orient et surtout en Irak, ou sur leur série d'attaques en Europe, notamment celui à Paris contre Charlie Hebdo. Cheney, Rumsfeld et les autres encore moins. Ils s'en foutent.

Tom venait de perdre sa partie, plus rapidement que la première. Agacé, il se retourna et demanda:

– Dites, on peut trouver quelque chose à boire par ici?

Le pilote parut ravi de servir de guide à nouveau.

– Il y a un stand dans le coin, là-bas, dit-il en tendant un bras et pointant un doigt. Des friandises uniquement. Bonbons, chocolats et autres sucreries. Les boissons, c'est dehors.

– Et c'est cher? (Le visage de Tom s'était éclairé d'un coup. « Game of Drones », c'était déjà de l'histoire ancienne.)

– Non, c'est gratuit.

– Ouah, chouette!

Le gamin plaça un tel démarrage que le pilote-guide n'eut pas le temps d'enchaîner tout de suite:

– Mais les consommations sont limitées!

Tom était déjà de l'autre côté.

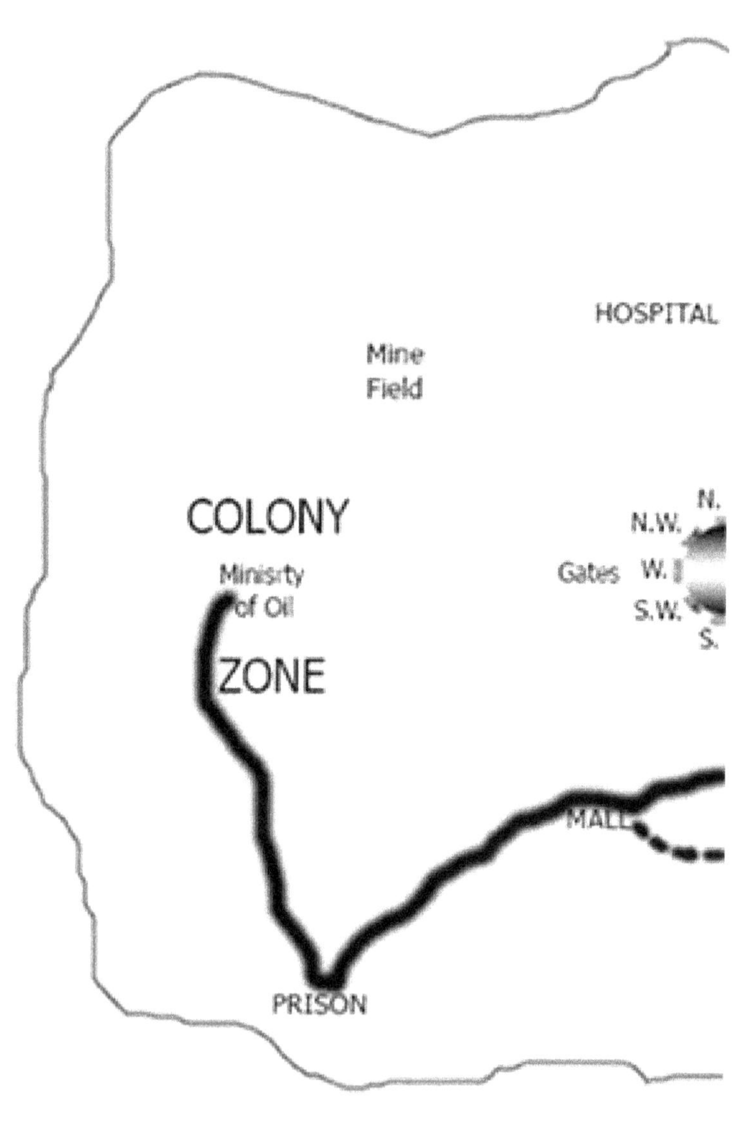

HOSPITAL
Mine
Field
COLONY
Minisrty
of Oil
ZONE
N.
N.W.
Gates W.
S.W.
S.
MALL
PRISON

Tom rembourra son cartable de sucreries, après quoi les Motmotty quittèrent la salle et visitèrent deux autres magasins avant de décider qu'ils en avaient assez.

Ils étaient dehors, à attendre un mini-bus qui ne soit pas pris d'assaut par les clients. Car ils l'étaient tous, ce qui n'était pas surprenant. Quelle que soit votre origine sociale, quand vous vous retrouvez dans un environnement pareil, difficile de chercher à le quitter en embarquant dans un véhicule militaire sale et bruyant, au fonctionnement douteux, et qui n'offrait quasiment aucun confort minimum.

Les Motmotty n'y tenaient pas non plus, mais ils tenaient encore moins à se retrouver pris dans une bousculade, qui plus est avec un enfant, devant la porte d'entrée d'un de ces bus. Ils durent donc s'armer de patience.

Une patience qui ne porta pas ses fruits: le dernier mini-bus visible s'éloigna, bourré à craquer et pourchassé par des clients recalés de justesse devant la porte, et tarda à trouver un remplaçant.

Les Motmotty durent donc se résigner à embarquer dans un de ces véhicules de l'armée, lesquels étaient garés là, vides, négligés. Les clients, encore nombreux, en restaient soigneusement à l'écart, comme on reste à l'écart d'un site de déchets nucléaires ou d'une maison hantée; attendant l'apparition du prochain bus à prendre d'assaut.

Trois autres clients embarquèrent dans le même camion qui bientôt s'ébranla et se mit en route. Les Motmotty s'étaient calés au fond du camion, soit à l'avant, Louis faisant face à ses deux enfants.

Pendant un tel trajet, le bruit du moteur est si fort, assez en tout cas pour empêcher toute discussion normale. Suffisamment également pour vriller certains crânes sensibles ou endoloris.

Ainsi, Roxanne resta un certain temps pliée en deux sur son banc, la tête entre les mains, le temps qu'une grosse douleur s'apaise sous son crâne marqué. Son père et son frère la soutenaient.

La jeune femme finit par émerger, le visage si rouge comme un radis que son pansement blanc était devenu écarlate. Elle respirait par grosses bouffées lentes, comme si elle sortait d'une embolie cardiaque.

— Ça va mieux, Roxy? lui demanda Tom.

Elle lui répondit par l'affirmative, mais uniquement de la tête. Sans savoir trop quelle position tenir et garder pour éviter une rechute.

— Tu devrais peut-être t'allonger, lui suggéra son père.

— Je ne sais pas, fit-elle.

Elle ne s'allongea finalement pas, préférant se laisser aller en arrière. Louis prit place à ses côtés et Roxanne laissa sa tête se caler sur son épaule.

— Papa, dit-elle d'une petite voix rendue à peine audible par le bruit, une voix que seul son père entendit.

— Oui, fit Louis.

— Qu'est-ce qui s'est passé en 2000?

— Il s'est passé plein de choses en 2000.

— Est-ce que c'est vrai, ce que ce pilote a dit?

— Quoi?

– Qu'Al Gore a eu plus de voix que Bush lors de l'élection présidentielle?

Louis tourna légèrement la tête et vit que sa fille scrutait sa réaction.

Il haussa son épaule libre.

– Ma foi, oui.

– Alors pourquoi il n'a pas été élu?

– Parce qu'il avait moins de Grands Électeurs.

Roxanne continuait à le regarder.

– C'est un peu compliqué, reprit-il. Il avait moins de Grands Électeurs, oui. Mais normalement, il en avait plus. La Floride lui a été volée.

Roxanne s'extirpa lentement de son épaule. Lentement, péniblement.

Elle se prit de nouveau la tête dans les mains, mais cette fois sans changer de position assise.

– Je ne savais même pas ça, dit-elle.

– Tu étais un peu jeune, fit-il.

– Je sais que tu as voté pour Bush.

– Oui, mais ça n'a pas tellement pesé. C'est plus la Cour Suprême qui a envoyé Bush au pouvoir. Pas le vote normal.

– Qu'est-ce que ça veut dire?

– À l'époque, presque tous les membres

de la Cour Suprême étaient des Républicains, proches de son père.

– Oh... je vois. Mais ils n'avaient pas le droit.

– Al Gore a contesté les résultats du scrutin dans cet État. Il a fait recompter les votes, mais il l'a fait sous les pressions de la Cour Suprême qui voulait empêcher ce recomptage.

– Oui... et alors?

– Alors? Eh bien, du coup, il n'a fait recompter les votes que dans certains comtés...

Juste à ce moment, le camion s'arrêta. D'un coup, brusquement, sans avoir ralenti au préalable.

Comme les Motmotty étaient calés à l'avant, ils se reçurent contre la paroi sans vraiment subir la brusque secousse.

– ... au lieu de le faire dans toute la Floride.

– On ne va pas plus loin! lança le conducteur, d'une voix forte.

Le bruit du moteur étant tombé d'un coup, sa voix, mais aussi celle de Louis – cette dernière pourtant normale – s'en étaient retrouvées constamment amplifiées.

– Tout le monde descend ici! jeta une autre voix, celle du soldat placé du côté droit.

Puis des bruits de portières qu'on ouvre se firent entendre, et les soldats apparurent sur la chaussée, chacun d'un côté.

– Où sommes-nous? fit l'un des trois autres passagers. (Lesquels étaient tous des clients mâles.)

– Descendez, s'il vous plaît.

Il rabattit la rambarde arrière, permettant ainsi aux clients de descendre, lentement, leurs visages soulignés par l'incrédulité et la perplexité.

– Qu'est-ce qui se passe? demanda Louis.

Il n'avait pas apprécié d'être interrompu dans son anecdote et tenait à le faire savoir.

Ils étaient tous massés derrière le véhicule.

– Nous ne pouvons pas continuer dans ce camion, fit le conducteur.

Puis il se remit en marche vers l'avant. Les autres suivirent sans comprendre.

– Comment ça, vous ne pouvez pas?

– Regardez.

Ils avaient roulé dix minutes, ce qui avait suffi pour qu'ils quittent la zone-colonie et tout le luxe, l'opulence qui la caractérisaient, et qu'ils reviennent en terrain hostile. Les Motmotty en furent quelque part soulagés; cette zone, qui symbolisait la colonisation violente et le pillage officiel, qui en découlait de la manière la plus directe qui soit, les avait surtout gênés. Même la grisaille leur semblait désormais plus accueillante.

Ils ne l'avaient pas totalement réintégrée mais cela n'allait pas traîner.

Devant le groupe s'étalait un quartier résidentiel délabré, déchiqueté par les bombardements aériens et les affrontements armés au sol. La zone était quasiment déserte mais des détonations se faisaient entendre ici et là. Le camion s'était arrêté à un carrefour vide de tout. Il n'y avait presque pas de circulation, presque personne en fait, et les feux ne fonctionnaient pas.

Le quartier était quasi-mort.

L'hôpital se trouvait quelque part dans ce quartier, ou au-delà.

Les clients présents ne virent pas en quoi traverser ce quartier en camion militaire constituait un problème. Et le firent savoir.

— C'est un **champ de mines,** fit l'autre soldat.

— Pardon? fit Louis.

— Oui, papa, il y a ce truc sur la carte, dit Roxanne.

— Toutes ces voies sont minées, confirma le soldat. Celle qui mène à l'hôpital l'est aussi. Pas question de la passer avec un camion militaire. Croyez-moi, c'est beaucoup moins risqué d'y aller à pied.

— Ah oui? Et pourquoi ça?

— Parce qu'en plus des mines, il y a aussi des snipers. Et ils ont tendance à faire des cartons sur nos camions.

— Pourquoi faisaient-ils ça? interrogea Tom.

— Regardez autour de vous.

Tom eut beau regarder, il était encore trop jeune pour comprendre. Toutes ces mines, tous ces tirs de snipers embusqués, ne constituaient que des réponses à l'implacable invasion du pays (l'Irak), à la destruction du quartier qui en avait résulté, sans oublier bien entendu les trop nombreuses victimes et les tragédies humaines et familiales à répétition. La plupart des soldats américains qui avaient débarqué dans le pays suite aux bombardements, s'étaient crus en pays conquis. Grave erreur.

— Donc, nous sommes censés aller à l'hôpital à pied? fit Roxanne.

— Oui, mais vous n'y êtes pas forcés, évidemment.

— Évidemment.

Autant jouer le jeu, semblaient se dire Roxanne et son père. Derrière, les trois autres clients écoutaient sans bouger.

L'autre soldat prit la parole:

— Si vous posez le pied sur une mine, ne vous en faites pas. Vous aurez droit à une dizaine de secondes pour vous éloigner et vous mettre à couvert, avant qu'elle n'explose.

— Et comment savoir qu'on a posé le pied sur une mine? lança soudain un des trois autres clients.

— Ne vous en faites pas pour ça non plus. Vous le saurez.

— On le saura au Ciel, jeta un autre.

— Vous le saurez. Sans en subir les effets.

— L'hôpital, c'est dans quelle direction? demanda Louis.

— Tout droit.

— Et c'est loin?

— Un peu moins de cinq cents mètres.

Roxanne se demanda ce qui se passerait en cas d'incident. Y avait-il des véhicules de l'hôpital placés sur le trajet, prêts à intervenir radicalement? Les mines seraient-elles désactivées?

Et où serait évacué le blessé? Dans une simple « attraction » en forme d'hôpital, ou dans un vrai établissement placé à l'extérieur?

Elle regarda autour d'elle.

– Où sont les bus? fit-elle. Je n'en vois pas un seul.

Les deux soldats se regardèrent.

– Les bus ne passent pas par ici, dit le chauffeur.

– Quoi? fit Tom.

– Qu'est-ce que c'est que cette histoire? s'écria Louis.

– Ils contournent ce quartier. Ils passent par les côtés.

Louis et Roxanne se regardèrent à leur tour. Ils comprirent instantanément pourquoi quasiment tous les clients se jetaient sur les bus à partir de la zone-colonie. Ces clients savaient que l'étape suivante était ce quartier miné, qu'ils voulaient éviter, et avaient réfléchi: il était fort peu probable qu'un véhicule civil se dirige tout droit vers un endroit pareil. Ils avaient vu juste.

Les Motmotty n'avaient pas réfléchi.

Les trois autres types non plus, qui dépassèrent les Motmotty et les deux soldats, et s'engagèrent dans le carrefour, presque au pas de course. Ils se dirigèrent vers la voie qui s'enfonçait plein centre, là où trois autres partaient latéralement et deux autres, vers l'arrière.

Les Motmotty et les deux bidasses les observaient, sans rien dire, sans bouger. Bientôt les trois types s'engagèrent dans la voie et leurs silhouettes commencèrent à sérieusement se diluer.

Ils avaient parcouru une trentaine de mètres quand l'un d'eux mit le pied sur une mine. Un son strident se fit alors entendre. Un bruit aigu, à mi-chemin entre une sirène d'ambulance et celle d'alerte incendie.

Le type, qui marchait en plein milieu de la chaussée, sentit soudain son pied comme collé au sol, retenu par un aimant ou un fil invisible. Il l'en sortit sans grand mal mais dans l'effort, déterra en partie la mine qui devint visible sous l'épaisse couche de cailloux, de gravillons et de gravats qui parsemaient la voie. Le son s'arrêta alors brusquement.

– Planquez-vous! cria le type aux deux autres.

Ils se dispersèrent à une vitesse supersonique, et la mine explosa sans témoin directement exposé.

Les Motmotty et les soldats échangèrent de nouveaux regards, plus significatifs, tandis que les trois autres reprenaient leur progression. Une progression devenue plus lente, plus prudente. Comme s'ils craignaient qu'en cas de nouveaux faux pas, ils auraient toujours moins de temps pour se mettre à l'abri.

Louis se mit en mouvement; Roxanne prit Tom dans ses bras et le suivit.

*

Ils n'étaient pourtant que deux à marcher, mais ils eurent moins de chance – à peine le centre du croisement atteint, que Louis enclencha ce son aigu.

– Bon sang! fit-il.

– Papa! s'écrièrent Tom et Roxanne, quasiment au même instant.

Louis s'extirpa rapidement du mini-piège, le hurlement stoppa et ils se mirent à cavaler vers l'entrée de la rue. Là, Louis stoppa net sa course, se retourna et ne bougea plus.

Roxanne ne le vit pas s'arrêter; Tom, lui, le fit et se mit à gigoter comme une brute dans les bras de sa sœur en hurlant:

– Papa! Papa!

Du coup Roxanne fut bien obligée de

s'arrêter à son tour. Elle se retourna et vit son père immobile.

– Papa...?

A ce moment, la mine éclata. Violemment. Mais pas trop.

Roxanne perdit l'usage de ses jambes, déjà rudement mises à l'épreuve par la course et le poids de Tom. Elle s'affaissa, lâcha Tom et embrassa le sol endommagé. Tom, lui, se reçut sur le dos, sans douceur. Roxanne le protégea de son corps.

Louis resta sur ses pieds, pliant les genoux et ne détournant que la tête qu'il protégea de ses bras, le temps d'une demi-douzaine de secondes.

Puis ses yeux revinrent vers l'explosion, et l'épaisse colonne de fumée grise.

C'était une vision inédite pour lui. Des explosions, il en avait vu des quantités à la télé mais jamais dans la vie réelle. Même si celle-ci était plus bidon qu'autre chose, cela valait quand même le coup et le risque.

Il sembla se souvenir de quelque chose et se retourna. Sa fille était toujours allongée par terre... et le regardait.

– Ça va, vous deux?

– Papa... qu'est-ce que tu as?

Louis bougea vers elle.

— Rien, je vais très bien, répondit-il. Je ne voulais pas rater ça, c'est tout.

— Rater quoi? fit Tom.

— Ça, dit-il en désignant la chose de la tête, avant de les aider à se remettre sur pieds.

— Juste ça? dit Roxanne déconcertée.

— Juste ça, confirma-t-il. Et juste sous mes yeux. C'est la première fois que ça m'arrive. On n'a pas trop droit à ça chez nous.

— Encore heureux!

— Allons, dit-il. Il faut continuer.

Ils se remirent dans le bon sens de la marche et virent les trois autres clients qui s'étaient immobilisés quelque cent mètres plus loin, et les regardaient. Comme pour s'assurer que tout allait bien.

Tout en marchant, Louis se tourna de nouveau vers la source de 'son' explosion. La fumée ne s'était pas encore totalement dispersée, les deux soldats étaient invisibles.

Roxanne marchait devant, d'un pas assez rapide. Elle tenait cette fois Tom par la main. L'enfant regardait plus souvent le sol qu'autre chose. Sa grande sœur lui avait signifié qu'elle ne pouvait pas le porter durant tout le trajet, et lui avait donné la consigne de regarder très attentivement où il mettait les pieds.

Si une nouvelle guerre éclatait pendant que Tom fêtait ses vingt ans, il serait probablement envoyé au front et une fois en territoire ennemi, ses supérieurs lui donneraient cette consigne parmi d'autres.

Au front, les mines n'attendent pas dix secondes avant de réduire en bouillie celui ou celle qui a le malheur de se prendre les pieds dedans.

Roxanne, elle, avait les yeux plus souvent levés vers les bâtiments – ou ce qui en restait – plutôt que baissés vers le sol. Louis alternait les deux. Il paraissait presque vouloir repérer une autre mine, histoire de poser délibérément le pied dessus et de déclencher un nouveau feu d'artifice.

Ce qui cadrerait d'autant mieux avec les foyers d'incendie qui parsemaient son champ visuel. Il y en avait partout, tout le long du parcours. On en trouvait tant au sol qu'en hauteur, à l'intérieur même des immeubles alignés en rangées, creusés d'impacts de rafales et troués de points de chute de missiles, qui offraient des appartements naguère identiques, maintenant défigurés, effondrés. Certains de ces immeubles, parmi les plus touchés, se consumaient lentement et d'épaisses colonnes de fumée grise noirâtre s'en échappaient.

Roxanne se doutait bien qu'à l'intérieur, sinon au sommet des autres bâtiments, devaient se trouver des snipers. Elle essaya d'en repérer un et fit bien évidemment chou blanc. Le premier tireur d'élite embusqué qui se laisserait repérer par une civile ne se signalerait pas ce jour.

Ce qu'elle repéra à la place, ce fut... une mine. Pourtant encore mieux dissimulée.

– Oh non! s'écria-t-elle, mais sa voix fut en grande partie couverte par le hurlement du signal.

Louis se précipita, enleva d'un coup Roxanne de son « piège » et tous trois allèrent s'engouffrer à l'intérieur d'un immeuble en ruine, dont la façade, au niveau du rez-de-chaussée, avait presque entièrement disparu. Ce ne fut donc pas sans mal; le sol était jonché de gravats gros et lourds – certains métalliques –, ceux-là mêmes occasionnés par l'implacable destruction de la façade, rendant impossible tout mouvement et déplacement faciles et rapides. Tous les murs et plafonds, ou du moins ce qui en restait, semblaient sur le point de s'effondrer.

Ils se frayaient un chemin à travers les éboulis quand la mine sauta; le souffle de la déflagration, pourtant moindre, les jeta au sol, et le bruit sourd se répercuta à l'intérieur pendant vingt longues secondes. Au terme desquelles ce qui restait des murs et plafonds semblait continuer à vibrer.

– Sortons vite d'ici, avant que tout ne s'écroule sur nos têtes, dit Louis.

Ce qu'ils firent. Ils sortirent, le plus vite qu'ils le purent. Une fois à l'extérieur ils s'immobilisèrent, alertés par ce signal d'alerte strident: l'un des trois types devant eux venait de mettre le pied sur une autre mine.

Ils se mirent à épousseter leurs vêtements couverts de poussière de plâtre et de béton. Tom eut le moins de travail, il fut donc le premier à se remettre en mouvement.

Il dévala le tas de pierres qui s'amoncelait devant le bâtiment et se prit le pied dans un de ces petits bouts de fil barbelés rouillés qui traînaient, reliant deux débris l'un à l'autre. Il perdit aussitôt l'équilibre et se retrouva de nouveau au sol.

Aussitôt... ce même son, ce signal d'alerte, tellement plus proche, plus tonitruant. Tom venait de tomber droit sur une mine!

Qui éclata sur-le-champ!

Sans laisser aux autres le temps d'émettre le premier son.

L'explosion fut plus forte que les précédentes, à moins qu'elle ne fit que s'ajouter à celle déclenchée par la mine des clients devant eux, et qui avaient éclaté quasiment au même instant.

Quoi qu'il en soit, Louis et Roxanne furent de nouveau jetés au sol, avant de réaliser ce qui venait de se passer, ou en furent incapables; ils restèrent figés, statufiés, le temps de trois secondes à peine, puis Roxanne hurla.

– Tom! Tom!

Sans cesser de hurler, elle dévala le tas de gravats, pénétra l'écran de fumée grisâtre, suivie de Louis, et fouilla le sol des yeux.

Elle ne vit rien, regarda directement autour d'elle, ne vit pas plus... et tomba à genoux, en hurlant de plus belle.

Louis, totalement abasourdi, trouva la force de reporter son regard au-delà de l'écran de fumée.

Et il aperçut son fils.

– Tom! jappa-t-il en se précipitant.

Le jeune garçon avait été catapulté plus loin sur une portion visible du trottoir, à proximité d'un autre tas de grosses pierres. Son corps était agité de soubresauts. Ses cuisses n'étaient plus que deux tas de chairs sanguinolentes, à l'endroit où elles avaient directement atterri sur la mine et l'avaient déclenchée.

Son bras gauche était sérieusement atteint également. Dans l'ensemble, Tom ne ressemblait plus qu'à une petite masse éclatée, désarticulée, qui n'en avait plus pour longtemps. Il n'était même plus en état de gémir.

– À l'aide! hurlait Louis à la ronde. Au secours!

Déjà, les trois clients accouraient vers lui, tout comme des nuées de soldats. Trois d'entre eux parlaient dans leurs radios et signalaient l'incident.

Louis ne sut pas quoi faire – prendre Tom dans ses bras ou le laisser au sol. Roxanne, elle, croyait toujours que son frère avait été totalement pulvérisé par l'explosion et hurlait toujours de douleur, agenouillée au même endroit, en plein milieu du nuage de fumée qui s'élargissait tout en se dispersant. Louis hurla son nom et lui intima de venir mais elle ne le vit pas et l'entendit encore moins.

L'alerte avait été donnée et une ambulance roulait déjà à tombeau ouvert le long de la voie, en provenance de l'hôpital. Toutes les mines avaient bien entendu été désactivées.

Louis n'eut pas à attendre longtemps avant de voir le véhicule débouler puis s'arrêter en faisant hurler tous ses pneus, pile à côté du corps. Toutes ses portes s'ouvrirent à la volée et déjà, un brancard fut sorti de ses deux portes arrière par deux types, et placé aux côtés du petit corps ensanglanté.

Toujours à genoux, toujours aussi folle de douleur, toujours occupée à hurler et pleurer son petit frère qu'elle croyait disparu corps et biens, Roxanne n'avait même pas vu venir l'ambulance. Un soldat tenta en vain de la remettre sur ses pieds; il la secoua pour lui faire remarquer le véhicule et son frère, toujours allongé, qu'elle n'avait toujours pas vu non plus et autour duquel trois ambulanciers s'activaient.

Le rideau de fumée devant Roxanne se dispersa suffisamment, elle-même ouvrit les yeux, aperçut finalement l'ambulance et les gens agglutinés sur le trottoir. Elle se calma légèrement, assez en tout cas pour se rendre à l'évidence: son frère était peut-être encore de ce monde.

– Mademoiselle!

Elle tourna la tête et vit le soldat. Qu'elle avait à peine entendu jusque-là. L'onde de choc provoquée par l'explosion avait été intense, tant physiquement qu'émotionnelle-ment. Les Motmotty l'avaient subie de plein fouet; les tympans de Roxanne ne répon-daient pas encore totalement, et ses nerfs vibraient toujours à plein.

Elle se leva lentement, aidée par le soldat; une fois sur pieds, elle vit clairement son frère et se précipita à son tour.

*

L'ambulance roulait à tombeau ouvert, cette fois en direction de l'hôpital. Tom re-posait à l'arrière, ses membres sanglés au brancard, déjà placé sous assistance respira-toire. Son père lui tenait la main, sa sœur était retombée à genoux à ses côtés, une main sur son front, l'autre sur son cœur, lui chuchotant des mots pleins d'amour et de réconfort à l'oreille.

Ils n'avaient pas besoin de docteur pour savoir que le pronostic vital de l'enfant était engagé, qu'il l'était au dernier degré. Ils savaient déjà que Tom ne s'en sortirait pas sans séquelles physiques – voire mentales – irréversibles. Ce serait déjà un miracle s'il ne perdait qu'une jambe.

L'ambulance s'arrêta, cette fois en douceur; ses portes arrière s'ouvrirent presque immédiatement, une petite meute d'ambulanciers en uniforme pénétra à l'intérieur, repoussa Louis et Roxanne, enleva les sangles, puis s'empara du brancard et le sortit si vite que les deux clients eurent un mal fou à comprendre ce qui se passait. Ils sortirent du véhicule à leur suite et, tout en suivant tant bien que mal, découvrirent **l'hôpital,** dernière « attraction » à leur programme.

Ils n'avaient pas quitté le quartier résidentiel de seconde zone et son état de délabrement, résultat des combats aériens et terrestres. L'hôpital en avait subi les conséquences. Vu de loin, le bâtiment ressemblait plus à un pénitencier qu'à un hôpital. Vu de près, c'était une ruine. Eventrée par un tir de missile sur tout un côté, déserté depuis. L'autre côté n'avait pas été épargné non plus mais restait praticable et utilisable, et donc, grouillait de monde. L'établissement, ou ce qui en restait, affichait plus que complet, il débordait; du coup, plusieurs corps ensanglantés, certains démembrés, reposaient sur le pas de la porte, en attente de trouver d'abord un brancard, puis un lit et un infirmier.

Les ambulanciers firent passer le brancard de Tom devant tout ce pauvre monde et disparurent à l'intérieur, très vite. Louis et Roxanne, dont les jambes étaient cotonneuses, tardèrent à en faire autant. Une fois dans l'enceinte, leur attention fut captée par l'atmosphère. Les victimes étaient si nombreuses – plusieurs reposaient voire gisaient à même le sol poussiéreux, le long des murs lézardés de fissures –, que le personnel soignant, débordé, n'avait pas un instant de répit. Ses membres travaillaient sans relâche, tâchant à la fois de trouver un lit aux uns et d'apporter les premiers soins d'urgence aux autres, tout cela dans la hantise constante d'une fusillade nourrie ou d'un bombardement qui ne ferait qu'ajouter au nombre de victimes civiles, tout en décimant le personnel au passage; voire d'enterrer tout et tout le monde sous des tonnes de gravats.

En plus de tout cela, il leur fallait contenir un nombre non négligeable de désespérés qui demandaient à corps et à cris qu'on accorde un lit ou un infirmier ou docteur à un grand blessé, ou qui réclamaient des nouvelles d'un autre.

Le comble du paradoxe se produisit à cet instant. A peine Roxanne fit son entrée qu'une infirmière se précipita tout de suite sur elle, l'agrippa par le bras et l'épaule droits et tenta de l'emmener, en baragouinant en arabe. D'abord soufflée, incapable de réagir, Roxanne ne tarda pas à comprendre que l'infirmière ne cherchait qu'à s'occuper d'elle, rapport au bandage qu'elle portait à la tête. Un bandage toujours aussi épais, mais consécutif à une simple petite coupure sans gravité et qui, Roxanne s'en doutait, faisait bien pitié comparé à celui qu'on enroulerait autour des jambes et du bras gauche de Tom et, elle en était certaine, à ceux qu'elle verrait défiler dans cet hôpital à moitié éventré – peu importait sa qualité d'imitation.

Louis délivra sa fille de l'étreinte de l'infirmière qu'il éloigna gentiment, puis lui et sa fille se remirent dans le bon sens, suivant toujours tant bien que mal le brancard de Tom qui roulait, roulait sans pause, à une vitesse soutenue, le long de corridors étroits, mal éclairés, aux plafonds parcourus de néons désespérément éteints; Louis et Roxanne suivaient donc derrière, dans l'impossibilité d'ignorer ce qui s'offrait à leur regard brouillé par le choc et le chagrin. Une suite sans fin de débris humains cloués dans des lits de camp, touchés à la tête, au ventre, aux bras, aux jambes, criblés d'éclats, etc. Tous portaient des bandages impressionnants mais qui n'épargnaient à personne la vue du sang, omniprésent. Les blessures étaient trop béantes, trop graves. Les draps se paraient de rouge, le sang coulait à volonté. Les points de suture ne suffisaient même plus, la plupart étant mal posés, à la sauvette, par manque de temps et de moyens. Beaucoup de victimes hurlaient, d'autres s'étaient évanouies sous l'effet de la trop forte douleur; les plus rares, les cas les moins graves, dormaient, anesthésiés par des calmants de fortune. Roxanne vit un enfant réduit à l'état de tronc humain; on avait dû l'amputer des deux jambes. Son avant-bras gauche manquait également. Elle détourna la tête. Tom ne finirait pas comme lui. Louis remarqua un homme au tiers allongé, qui le suivait de son regard devenu fou; tout son crâne avait disparu sous un bandage comme il n'en avait jamais vu auparavant. Comme si ce bandage dissimulait le fait que ce type n'avait plus de crâne.

Avant que Louis et sa fille aient pu s'en rendre compte, la visite se termina, de manière aussi soudaine que non conventionnelle. Le brancard passa une porte, ils la passèrent à leur tour sans poser de questions. Pour se rendre compte que les brancardiers s'étaient embarqués dans la montée d'une passerelle en pente qui serpentait autour de deux ascenseurs hors d'usage.

Ils franchirent quatre niveaux de cette façon avant de se retrouver au dernier étage, puis de passer une autre porte et de se retrouver au grand air.

Un formidable tintouin leur vrilla les oreilles. Les brancardiers, sans paraître le moins du monde dérangés, continuèrent à marcher, semblant ne faire qu'un avec leur civière roulante, Louis et Roxanne sur leurs talons. Les brancardiers durent monter une courte volée d'escaliers métalliques avec leur fardeau, avant de se retrouver sur une plate-forme sur laquelle un hélicoptère médical, une espèce d'ambulance volante, était prête à décoller, tous ses hélices tournant furieusement.

Dès lors, Louis et Roxanne se réveillèrent

et se précipitèrent sur les brancardiers qui se dirigeaient tranquillement vers l'appareil.

— Que faites-vous? leur lança Louis, le plus fort qu'il put pour dominer le vacarme.

Le brancardier le plus proche, le regarda avec étonnement.

— Nous emmenons votre fils à l'extérieur, lui répondit-il.

— Dans quel hôpital?

— À Austin. C'est bien là que vous habitez?

— Oui, dit Roxanne.

— Nous embarquons aussi? demanda Louis.

— Non, fit un autre brancardier en secouant la tête.

— Pourquoi non?

— Pas de civils indemnes dans les medevacs, sauf cas d'urgence.

— Mais *c'est* un cas d'urgence! fit Roxanne d'une voix furieuse.

— L'enfant, oui. Pas vous.

— Pas question de le laisser partir tout seul!

Les Motmotty eurent beau protester, cela ne fit aucune différence. Tom fut introduit à l'intérieur de l'appareil. Louis et Roxanne s'invitèrent à bord, sans même que les brancardiers, qui avaient déjà pris leurs distances, ne fassent quoi que ce soit pour les en empêcher. Le personnel soignant, qui s'était tout de suite porté autour de Tom, leur fit alors comprendre que l'hélicoptère ne décollerait pas tant qu'ils seraient à l'intérieur.

Louis et Roxanne n'eurent d'autre choix que de descendre. Roxanne, en pleurs, eut le temps d'embrasser son frère, de couvrir son petit visage de baisers humides avant de sortir. L'enfant avait, depuis un bon moment, sombré dans l'inconscience.

Mais il était encore en vie.

A peine furent-ils ressortis que la porte coulissante se ferma; l'hélicoptère s'ébranla et décolla immédiatement, les forçant à s'éloigner.

*

Les brancardiers, toujours flanqués de leur instrument, raccompagnèrent Louis et Roxanne sur le trajet inverse, et ils se retrouvèrent bientôt à l'extérieur du bâtiment.

Roxanne était pressée de sortir. Elle savait déjà ce qu'elle ferait une fois ce maudit parc derrière elle. Elle le savait si bien que sa tête en bouillait de fureur noire, décuplée par l'impatience.

Elle avait vu couler pas mal de sang (dont le sien) tout au long de cette journée noire, elle voulait que ça continue.

Mais dans un autre registre.

Le tout était de ne donner à personne aux alentours, aucune idée trop précise de ce qu'elle avait en tête tant qu'elle était encore dans l'enceinte; surtout qu'elle était déjà dans le collimateur du personnel. Ce qui venait d'arriver à Tom en était-il une conséquence? Elle aurait tout le temps d'y réfléchir une fois dehors. Donc elle se maîtrisa – à grand-peine.

L'ambulance était toujours là; un mini-bus Greyhound presque vide, à l'exception notable du conducteur, était garé juste derrière. Louis et Roxanne montèrent à l'intérieur, s'écroulèrent sur les sièges les plus proches, et le véhicule quitta le parc Cheneyland par la porte Nord, la plus proche de l'hôpital. Puis il s'arrêta en plein centre du grand parking. Et les clients, cinq ou six au total, sortirent.

Pendant que le bus trouvait son chemin vers le centre du parking, Louis et Roxanne avaient pu assez rapidement repérer leur voiture. Ils s'y dirigèrent sans attendre.

Et Roxanne eut la surprise de sa vie.

Alors qu'ils n'en étaient plus qu'à une dizaine de mètres, elle vit une petite silhouette s'agiter à l'intérieur. Puis l'une des deux portes arrière s'ouvrit à la volée, un gamin sortit de la voiture et se mit à courir vers eux en criant joyeusement:

– Papa! Roxy!

C'était Tom.

HOSPITAL
Mine field
COLONY
Ministry of Oil
ZONE
N.
N.W.
Gates
W.
S.W.
S.
MALL
PRISON

REFUGEE CAMP
Black River
Gulf of Mexico
BLACK DESERT
Black Beach
N.E.
E. Gates
S.E.
S.
RESTAURANT
JIHADI TRAINING CAMP
POLICE STATION

TROISIÈME PARTIE

En revenant à elle, Roxanne vit Tom et Louis penchés sur elle.

Elle s'était évanouie et effondrée de tout son long, en reconnaissant Tom, en le voyant sur ses pieds, en parfaite santé. Maintenant c'était elle qui était par terre, et Tom penché sur elle, mort d'inquiétude.

Il pleurait!

Comme le môme qu'il était.

Roxanne lui sourit, trop ébahie pour se sentir seulement soulagée. Elle lui prit la main et la serra. A ce moment, tous deux avaient un point commun: ils ne comprenaient rien à ce qui se passait. Tom ne comprenait pas pourquoi sa propre sœur, sa grande sœur, majeure, mature, vaccinée et tout le reste, s'était évanouie simplement en le voyant. Et elle comprenait encore moins pourquoi il était en parfaite santé alors qu'il était censé voler vers un hôpital, les deux jambes déchiquetées, le bras gauche en compote, et probablement en train de mourir.

Elle regarda son père qui souriait légèrement, et qui lui dit:

– Tout va très bien, chérie.

Elle fronça les sourcils.

– Pardon? fit-elle.

– Lève-toi, dit-il en lui prenant les deux mains.

Elle se releva presque d'un bond. Et regarda autour d'elle.

Une petite douzaine de personnes était massée tout autour d'eux. En la voyant se relever, ils se mirent à applaudir, en souriant de bon cœur. Certains lançaient des clins d'œil, l'un d'eux leva le pouce en se moquant presque d'elle.

– Mais qu'est-ce que ça veut dire? fit-elle.

– Nous allons t'expliquer, dit son père.

Elle le regarda avec stupeur.

– « Nous »?

– Oui, nous. Eux et moi.

A partir de là, Tom ne comprit qu'à moitié. L'autre partie lui échappait toujours, notamment ce point précis:

– Roxy, qu'est-ce que tu as à la tête? répétait-il.

Sur le chemin du retour, Roxanne digérait, du mieux qu'elle le pouvait, toute une masse d'informations délirantes. Elle en avait le temps. Le trajet serait long jusqu'à Austin.

Tom avait été remplacé.

Elle ne parvenait toujours pas à y croire.

Elle ne fulminait pas. Ce n'était pas son genre, de se mettre en colère avant de passer à une analyse de fond. Contrairement à la plupart des gens, qui marchaient d'abord au sentiment, elle était pragmatique. Elle voulait d'abord les faits.

Là, elle était juste interloquée.

Après son « arrestation » dans le bus, son père et son frère étaient arrivés, toujours pas mal secoués, au centre commercial où ils avaient commencé leur longue attente au sommet du bâtiment, dans ce bar-restaurant.

L'attente avait été en fait beaucoup moins longue que Louis le lui avait dit une fois parvenue au centre. Cela avait été en réalité une course contre la montre.

Ils étaient attablés depuis à peine une minute quand plusieurs personnes, tous des officiels, étaient venus les voir avec une certaine proposition.

Louis l'avait acceptée, et l'avis de Tom ne comptant pas vraiment, la machine s'était mise en branle sans attendre.

Un enfant leur avait alors été présenté. Un véritable sosie de Tom, à quelques détails près. L'enfant, âgé de treize ans, était le fils d'un secrétaire administratif d'une quarantaine d'années, qui était également présent. Il avait paru peu enthousiaste mais lui non plus, n'avait pas eu son mot à dire, ou alors il l'avait déjà dit sans que ça ne change quoi que ce soit.

Ils avaient donné des vêtements à Tom qui était allé aux toilettes se changer. Puis en était revenu avec ceux précédemment portés, et qui avaient été passés à son nouveau double. Lequel avait ensuite vu son apparence 'arrangée' en fonction de celle de Tom, par un petit groupe de coiffeurs et de maquilleurs.

Cela avait été censé être facile mais le facteur course contre la montre avait joué, rendant la tâche stressante au possible. Rien n'avait été laissé au hasard – cheveux, cils, sourcils, ongles... quant aux éventuelles taches et traces de cicatrices au visage, aux mains... tout cela devait être soit effacé soit reproduit sur le nouveau Tom.

Et ils avaient réussi. Dans les temps.

Le gosse avait joué son rôle à la perfection. Les deux enfants avaient appris à se connaître pendant la séance; leurs voix étaient quasiment identiques (des voix d'enfants) et d'un point de vue physique ils se ressemblaient tellement (ils avaient quasiment la même taille et la même morphologie) que le double n'avait pas eu grand-chose à faire, sinon jouer au petit frère et se précipiter vers celle qu'il se devrait d'appeler 'Roxy' en permanence, notamment au moment où elle ferait sa réapparition, le front bandé – ce dont ils avaient été informés en cours de route, par radio.

Ce qui signifiait donc que Louis savait que sa fille reviendrait avec la tête pansée. Et qu'il avait joué la comédie.

– Pas vraiment, dit Louis dans la voiture. J'étais déjà pas mal furax quand ils m'ont dit ça, mais je devais d'abord te voir pour avoir confirmation. Ce que j'ai dit, je le pensais. J'avais vraiment l'intention de porter plainte.

– Et maintenant? dit-elle.

– Ça m'a passé, fit-il avec un haussement

d'épaules et un brin de malice. Tu t'es co-gnée. Pas de problème.

Roxanne éclata de rire.

Par la suite, après la séance, Tom avait été confié à l'équipe du parc, et emmené à l'extérieur, vers le parking. Il avait attendu dans la voiture. Louis, qui était bien entendu resté sur place avec le jeune comédien grimé, lui avait confié ses clés de voiture.

Tom n'avait plus son cartable et ce qu'il contenait mais il s'était consolé avec d'autres gâteaux, bien plus frais, auxquels s'étaient ajoutés un vrai repas et trois petites bouteilles d'eau minérale et de Pepsi, toutes fraîches également.

Ainsi que des jouets, notamment une mini-console de jeux, pour passer le temps.

Ce qui s'était passé sur le champ de mines, avait été programmé en conséquence. Les explosions des mines étaient bien entendu purement artificielles, sans danger. Roxanne prit alors brusquement conscience d'une chose: elle s'était précipitée à l'endroit précis où la mine avait explosé et frappé son frère, et, ne le voyant pas, elle était tombée à genoux.

Sur un sol normal.

Elle n'avait vu ou senti ni trou ni cratère sous ses pieds, exactement là où elle aurait dû tomber dedans. Le choc dans lequel elle s'était trouvée à ce moment précis, avait été si fort qu'elle ne s'en était pas rendue compte.

Elle secoua la tête. Elle s'était bien fait manœuvrer.

L'explosion étant artificielle, le double de Tom s'en était sorti sans une égratignure. Il avait donc fallu le remplacer à son tour, à une vitesse express, dans la foulée de la « déflagration ».

Par un autre enfant, qu'on avait tout de suite placé par terre, non loin de l'explosion. Un autre tout jeune comédien, dans son rôle de victime de guerre, et préalablement grimé, arrangé comme tel. Qui portait un pantalon totalement déchiré et ensanglanté, sur une espèce de combinaison serrée, d'un rouge très prononcé et striée de blanc, destinée à donner l'illusion de blessures et de brûlures extrêmes, étendues aux deux jambes en particulier. Le tout, arrosé de faux sang.

Roxanne serrait étroitement Tom dans ses bras, lui faisait des chatouilles, le dorlotait, le chouchoutait. Son esprit ne cessait pas de bouillonner pour autant.

En poussant la mystification jusqu'au bout, en lui donnant l'illusion de la perte brutale d'un proche adoré, les dirigeants du parc avaient réussi à l'amener dans les conditions propices à une vengeance aveugle qu'on pouvait facilement qualifier de terroriste. Elle avait été repérée après ses réponses non conformes aux tests, et avait été choisie comme 'cobaye' pour une expérience de la douleur, provoquée par la perte sanglante d'un être cher, causée par « l'ennemi », par quelque élément extérieur.

Et pour mieux l'y préparer, on l'avait d'abord (brièvement) traitée comme une terroriste et une prisonnière de guerre, avant de lui faire 'visiter' ce camp d'entraînement factice.

Roxanne se connaissait, elle savait que si on touchait à sa famille – surtout à Tom – de quelque manière que ce soit, sa réaction serait extrêmement violente. Et elle l'avait été. Elle était partie pour couper toutes les têtes sur son passage. Elle eut froid dans le dos en se rappelant l'état dans lequel elle s'était trouvée, alors qu'elle était à genoux dans ce « terrain miné »; elle était si consumée par la douleur, le désespoir et aussi la haine, qu'elle ne voyait plus rien ni personne autour d'elle.

Une réaction somme toute normale, mais qui paraissait acceptable d'un côté et pas de l'autre.

Après tout, à l'occasion des attentats sanglants du 11 septembre 2001, quasiment tous les Américains, touchés en plein cœur, étaient devenus des terroristes en puissance. Qui criaient justice, riposte et vengeance à tous les étages, qui voulaient voir le plus de sang possible couler, le plus grand nombre de bombes possibles larguées, et réclamaient à crocs et à cris la peau du premier bouc émissaire venu – de préférence, chez les arabes. Par exemple, faute d'avoir Bin Laden, il fallait s'offrir Saddam Hussein.

Un sentiment sur lequel Bush et les membres de son administration avaient largement compté, un sentiment qu'ils avaient cristallisé au maximum (avec une bonne dose de fondamentalisme religieux), pour mieux tenir leur croisade personnelle en Irak. Ils avaient tout fait, avec un rare acharnement, pour détourner l'attention du plus grand nombre possible de leurs concitoyens sur

Saddam Hussein, au lieu de se concentrer sur Bin Laden.

Et quasiment personne, en Amérique, ne leur en avait tenu rigueur à ce moment-là. Pire, les Américains avaient presque tous voté pour une invasion de l'Irak, même (surtout) dans la classe politique. Républicains bien entendu, mais aussi Démocrates – Hillary Clinton en tête –, tous s'étaient donnés le mot pour faire tomber une pluie de bombes sur Bagdad. Tous, à l'exception notable de Barack Obama, que personne ne connaissait à l'époque.

Quasiment tous les Américains étaient devenus fous, songeait Roxanne. Tous des terroristes qui agitaient la bannière étoilée.

Le terrorisme naît toujours d'un profond sentiment d'injustice et de vengeance, et du besoin de réparation du lourd préjudice subi. Le terrorisme contemporain, celui qu'on connaît, qui finit par mener aux attentats kamikazes, s'il s'était développé après la Seconde Guerre mondiale, avait trouvé sa source avant, à l'occasion du fameux accord *Haavara* passé en Allemagne en 1933 entre les nazis qui venaient d'arriver au pouvoir, et les sionistes – et qui consistait à pousser les juifs allemands à l'émigration en Palestine, alors sous occupation britannique, tout en les spoliant de plus de la moitié de leurs biens au passage. Mais la grande majorité des juifs était restée en Allemagne (les uns avaient purement refusé de partir, les autres n'avaient pas pu par manque de moyens), ce qui avait plus ou moins énervé – ou arrangé – Hitler, avec le résultat que l'on sait.

Après la guerre, les sionistes avaient quelque part consolidé cet accord en rejetant la proposition des Nations Unies de partage de la Palestine, dont ils projetaient de s'emparer entièrement après le départ des Britanniques[1]; puis en entrant en guerre aux côtés des juifs – qui avaient pourtant accepté cette proposition – contre les Palestiniens qui, eux aussi, avaient rejeté cette proposition qui les pénalisait (car faisant passer 80% de leurs terres côtières cultivables et 40% de leur industrie dans l'état juif, lequel s'appropriait au total 55% des terres palestiniennes); et en prétextant la Bible – alors qu'ils détestent la religion – pour marcher sur cette terre par la force et la vider de ses habitants, impitoya-

1. Les sionistes les plus radicaux (les mêmes que ceux qui ont par la suite fondé l'état d'Israël), notamment ceux de l'*Irgoun* et du *Lehi,* qui depuis 1944 multipliaient les actions violentes contre les Arabes et aussi les Britanniques, avaient rejeté ce plan de partage.

blement chassés. Déclenchant ainsi un autre conflit de colonisation qui depuis s'éternisait, malgré un rapport de forces totalement déséquilibré – et donnant ainsi naissance aux premiers actes kamikazes. Le résultat de tout cela, c'étaient donc deux conflits consécutifs sous forme d'épurations ethniques, à caractère radicalement antisémite, car dirigés d'abord contre les juifs puis contre les arabes[1]; et dont le premier était instrumentalisé, servait continuellement de couverture et de parapluie, pour mieux prétexter, légitimer et perpétuer le second.

L'invasion de l'Irak ne faisait que s'inscrire dans la continuité du conflit israélo-palestinien, car inspirée des méthodes israéliennes (lesquelles avaient aussi mené à l'invasion barbare du Liban en 1982) et déclenchée sous un autre prétexte, fabriqué de toutes pièces puis vendu au peuple américain: la lutte contre le « terrorisme ».

Le genre de prétexte derrière lequel les sionistes israéliens au pouvoir se réfugiaient sans arrêt, pour mieux justifier leurs incursions et raids aériens incessants sur ce qui

---

1. L'arabe et l'hébreu figurent parmi les nombreuses langues dites 'sémitiques', avec notamment l'amharique et le tigrigna (parlées en Éthiopie), et le maltais.

reste de la Palestine. Perpétuant ainsi le cycle infernal et sans fin de la violence aveugle, d'abord par des provocations (assassinats ciblés, raids sur des mosquées, expulsions massives de populations...), puis par des séries de représailles ultra-sanglantes déguisées en « auto-défense ».

L'intervention militaire en Libye et l'épouvantable conflit syrien découlaient d'une logique similaire, à savoir, pour l'Occident, la Chine et la Russie, l'utilisation de ce 'concept' de lutte anti-terroriste pour assurer une mainmise territoriale sur ces deux points stratégiques qu'étaient et resteraient longtemps le Proche et le Moyen-Orient, l'affrontement entre toutes ces grandes puissances dans cette région, pour des motifs purement économiques (pétrole et gaz), ne pouvant qu'aboutir à un chaos généralisé mais délibéré; et la préservation du précieux gâteau africain, menacée par les plans d'Union Africaine de Khadafi.

Roxanne, qui en connaissait un rayon sur l'histoire du monde et sur la situation dans les régions et contrées colonisées et décimées sans fin par les puissances occidentales, telles le Moyen-Orient – elle projetait de devenir historienne –, repensa aux précisions que son père lui avait données, à propos de ce qui s'était passé en Floride, lors des élections présidentielles de l'an 2000. Elle était maintenant quasi-certaine que si Al Gore avait fait entièrement recompter les votes dans cet État, il aurait gagné l'élection – de justesse, mais il aurait gagné. Il avait donc suffi de quelques machines à voter truquées, et de quelques centaines de votes frauduleusement invalidés dans certains comtés de cet État, pour que le destin de plusieurs millions de personnes à travers le monde, surtout au Moyen-Orient et aux Etats-Unis, bascule pour le pire, jusqu'à l'abomination.

Et pour que le cap de la dissuasion nucléaire soit franchi, sans espoir de retour.

*

– Les voilà! dit soudain Louis.

Ils roulaient tranquillement lorsque Louis pointa brusquement un doigt vers un certain point, à quelques centaines de mètres devant lui, sur le côté droit de l'autoroute.

Roxanne et Tom dirigèrent leur regard vers ce point et aperçurent un gros objet bizarre, planté en plein dans un champ.

C'était un hélicoptère. Le même que celui qui était censé emporter le corps de Tom vers Austin.

Louis et Roxanne s'étaient en effet entendus dire, par cette petite assemblée regroupée autour d'eux sur le parking du parc, qu'ils croiseraient leur hélicoptère posé au sol, sur le chemin du retour.

Louis s'arrêta donc à sa hauteur, sur la file d'arrêt d'urgence, et les Motmotty descendirent, se dirigeant vers un petit groupe de personnes intercalées entre eux et l'hélicoptère. Et Roxanne découvrit les deux doubles de Tom, en plus de la fausse équipe médicale à laquelle elle et son père s'étaient frottés à l'intérieur de l'appareil. L'un de ces doubles ressemblait à son frère de manière si frappante, si saisissante que Roxanne sentit son cœur palpiter douloureusement, et son crâne se remit à bouillir de plus belle.

Le gamin portait les vêtements de Tom sous le bras droit, et tenait son cartable de l'autre.

L'autre double avait toujours les deux jambes et le bras gauche déchiquetés, le pantalon totalement déchiré, rouges de sang, le reste de son corps taché de rouge. A la seule et grosse différence qu'il était sur ses pieds, et en parfaite santé lui aussi.

Roxanne reporta son regard sur lui et se frotta le menton d'un air dubitatif. Se disant qu'elle était finalement loin d'être aussi maligne qu'elle le croyait. Ce gosse ne partageait avec Tom qu'une très vague ressemblance.

Le petit sosie s'avança vers Tom, qui s'avança à son tour. Et ce dernier récupéra ses vêtements et son cartable, que l'autre lui tendait.

— Merci, Hector, fit Tom en ouvrant son cartable.

— Il est vide, dit Hector. J'ai gardé tous les gâteaux et les bonbons.

— Tant mieux, répondit Tom. Ils m'ont refilé des trucs meilleurs dans la voiture.

— Sale veinard.

Là-dessus, Hector revint sur ses pas à reculons.

Puis il regarda Roxanne. Qui lui sourit en hochant la tête, sans rien dire, avant de se détourner lentement et de retourner vers le véhicule, suivie par Tom puis par Louis.

Celui-ci, au moment de reprendre sa place au volant, adressa au petit groupe un grand

signe d'adieu du bras, qu'ils lui rendirent
tous.

Et les Motmotty reprirent leur route vers
Austin.

Ils furent accueillis en grande pompe... par les cris horrifiés de Denise, la mère de famille.

– Qu'est-ce qui t'est arrivé, ma chérie? s'écria-t-elle d'une voix hoquetante.

– Rien du tout, maman, dit Roxanne en l'embrassant. Ne crie pas comme ça.

– Elle s'est cognée, dit Louis. C'est tout.

Roxanne lui envoya gentiment son coude dans les côtes.

Sa mère l'examina d'un air presque médical.

– Tu t'es cognée contre quoi?

– Laisse tomber, s'il te plaît. Je vais très bien.

L'un de ses deux frères aînés, Gus, un grand dadais de vingt-cinq ans, aux cheveux blonds filasses, parut choqué lui aussi. Il prit sa sœur dans ses bras.

– Ça va? fit-il, l'air soucieux.

– Mais oui, mais oui. Merci, Gus.

– Vous avez passé une bonne journée?

– Excellente.

– C'était très bien, dit Tom.

Sa mère le souleva du sol.

– J'espère que tu t'es amusé, lui dit-elle.

– Oui, maman.

– J'en suis certaine. (À Louis.) Il y a du courrier pour vous deux. Roxy et toi.

– Et des frites? interrogea Tom.

– Des milliards.

Les deux lettres étaient identiques et venaient du personnel administratif du parc Cheneyland, et se bornaient à une liste de recommandations à la discrétion et la confidentialité concernant tout ce qu'ils avaient pu voir de si particulier dans la place – qu'il s'agissait des « attractions » et de la séance spéciale de cinéma en 4D qui précédait les tests, notamment. En d'autres termes, Louis et Roxanne étaient invités à ne donner de précisions à personne, famille et amis inclus, ceci dans l'intérêt du parc, dans le pur souci de préserver son caractère si spécial aux yeux du public non initié, et de garder l'effet de surprise intact. La perte de ce cachet pouvant rendre l'institution de suite obsolète, car n'attisant plus la curiosité; lui faire perdre son pouvoir attractif, et entraîner sa fermeture.

Des recommandations bien inutiles aux yeux de Louis et de sa fille, qui s'étaient déjà mis d'accord, pendant le trajet de retour, pour garder bouche cousue sur ce qu'ils avaient vu. Et ils avaient fait promettre à Tom de ne rien dire du tout non plus. Tom avait levé la main droite et dit: « Je le jure ». Pour plus de sûreté, ils le lui avaient fait promettre trois fois supplémentaires.

Résultat, leurs congénères (parmi lesquels s'était ajouté Randall, dix-sept ans, l'autre petit frère de Roxanne, et aîné de Tom) eurent beau les bombarder de questions ce soir-là, pendant le dîner, ils se heurtèrent à un mur de béton. Ne s'entendant répondre que la même phrase, en permanence: « Allez voir par vous-mêmes ».

– Si on vous dit tout en détail, vous allez nous envoyer chez les dingues, dit Roxanne.

*

La bonne femme, Bianca de son prénom, qui s'était fait proprement déshabiller par des moutards crasseux et rachitiques dans l'enceinte du parc, passa évidemment une fin de journée beaucoup moins tranquille. Après être repartie du restaurant le ventre vide, sans provision d'aucune sorte, elle avait bien entendu échoué à faire nettoyer sa si précieuse robe de dentelles, qu'elle avait rechigné à remettre pendant tout le reste de sa visite. Les soldats et les policiers avaient beau lui avoir signifié que sa tenue était inappropriée, cela n'avait rien changé; pas question pour elle d'enfiler un vêtement aussi sale, que des mains « ennemies » avaient en plus touché et souillé. Ils les avaient donc emmenés, elle et son 'chéri', directement du centre commercial fantôme vers la zone-colonie – évitant ainsi la case prison – où elle n'avait rien trouvé à son goût, aucun des magasins-musées proposés ne faisant dans la dernière mode féminine, ou dans la laverie-pressing.

Après une bonne demi-heure de recherches totalement infructueuses, elle avait quitté le parc, en proie à une rage folle. Son 'chéri', encore plus excédé qu'elle, ne l'avait pas accompagnée, fatigué de la voir se donner en spectacle, et avait terminé sa visite du site en solitaire.

Ce fut donc, dans un piteux état, affamée, en larmes et en loques, ses cheveux dans le désordre le plus total, sa robe sale sous le bras, qu'elle s'était présentée... au commissariat le plus proche du parc. Où elle déposa une plainte contre l'institution, ses dirigeants et ses employés. Surtout ses employés (des soldats et des policiers), qui tenaient des propos inacceptables, car anti-américains. Et qui devaient tous être arrêtés, sans délai, pour « trahison ».

Ses interlocuteurs (des policiers, bien entendu) l'écoutèrent avec une patience et une indulgence infinies. Avant de lui signifier que sa plainte serait prise en compte, et de revenir le lendemain pour se tenir au courant du suivi de l'affaire. Satisfaite, elle sortit de la pièce, et pas une seule seconde elle ne pensa que les rires qui fusaient de derrière la porte à cet instant, pouvaient lui être adressés, et alors qu'il n'y avait quasiment personne d'autre à proximité.

Elle rentra chez elle et tomba nez-à-nez avec son petit ami qui faisait ses valises.

Le lendemain, elle repointa son nez au commissariat et apprit que sa plainte avait été malencontreusement égarée. Et avec toutes les excuses existantes, fut royalement invitée à en déposer une autre. Ce qu'elle fit, quasiment à l'identique. Devant d'autres policiers, différents de ceux de la veille, qui avaient un mal fou à masquer leur hilarité.

Le même jour, elle déposa la même plainte dans le commissariat de sa ville. Cette plainte fut enregistrée alors qu'elle aurait dû être rejetée, aucune plainte identique émanant de la même personne ne pouvant être enregistrée deux fois par le même service.

Quand elle finit par comprendre qu'on se payait sa tête, elle essaya de saisir les tribunaux puis la Cour Suprême... et devint la risée du Texas tout entier, et au-delà.

*

Pendant que Bianca se démenait encore au commissariat, où elle déposait sa plainte pour la deuxième fois de suite, après s'être fait plaquer la veille, Roxanne, elle, recevait un coup de fil depuis son domicile.

Elle eut la grande surprise d'avoir affaire à Ted, le policier qu'elle avait croisé au commissariat du parc. Quand elle lui demanda comment il connaissait son numéro, il lui répondit qu'elle l'avait inscrit sur son formulaire, avant de passer les tests, et alors qu'elle n'y était pas obligée.

Il lui réitéra ses excuses pour ce qui s'était passé, et après que Roxanne l'eût rassuré sur l'état de sa tête, il l'invita à dîner, en précisant qu'il se déplacerait à Austin pour l'occasion. Elle accepta.

Pendant le dîner, dont il paya tous les frais, Ted lui montra sa plaque de flic – qui n'était pas une imitation – avant de lui fournir quelques anecdotes amusantes sur le parc Cheneyland, notamment sur la prison et les odeurs très fortes qui y régnaient et qui provenaient de l'utilisation de boules puantes, alors que les traces de sang, d'urine, de vomissures et d'excréments sur le sol étaient en fait simulées avec du sirop de cerise, du jus de pomme, de la purée de maïs et de haricots rouges de la crème épaisse au chocolat.

Il eut beau parler à voix basse, il tourna la tête dans tous les sens et vit plusieurs clients qui le regardaient d'un air réprobateur.

Toujours à voix basse, Ted rappela à Roxanne les consignes de confidentialité. Elle hocha la tête, après quoi il lui fournit une autre anecdote, un peu moins drôle, sur le champ de mines. Il sortit de sa sacoche un ordinateur portable qu'il posa devant elle sur la table.

Roxanne découvrit un film pris à cet endroit. Et se rendit compte que s'il y avait eu des snipers, ceux-ci y avaient opéré en tenant des caméras au lieu de fusils. Ou des fusils qui faisaient aussi office de caméras. Certains de ces snipers s'étaient même trouvés au niveau du sol.

Le film, particulièrement bien cadré et monté, se concentrait sur les Motmotty en proposant tous les angles possibles. Et se focalisa directement sur Roxanne quand l'explosion 'emporta' son petit frère, puis au moment où elle tomba à genoux et perdit totalement le contrôle d'elle-même.

Ce livre a été rédigé en 2016 en réaction à la guerre en Irak et pas seulement. Dix ans plus tard, la situation a empiré et c'est toute la planète qui est désormais devenue, plus que jamais, une poudrière sur laquelle il est risqué de simplement s'asseoir. Quasiment trente ans après avoir cédé ses quelques armes nucléaires à la Russie, l'Ukraine a été attaquée par cette même Russie sous de faux prétextes fin février 2022 et comme si cela ne suffisait pas, quatre ans après, quasiment jour pour jour, une autre guerre éclate, et c'est l'Iran qui est sur le point d'être transformé en champ de ruines fumantes.

L'opération « Liberté de l'Irak », déclenchée en 2003 par les Américains pour soi-disant libérer le peuple irakien d'un dictateur sanglant, aura coûté la vie à plus d'un demi-million de civils innocents – certains parlent de plus d'un million – alors que le but initial était d'éliminer un seul homme pour mieux mettre la main sur tout ce tas d'or noir sur lequel il trônait tranquillement. Ce terrible bilan humain est depuis passé sous silence par tous les médias occidentaux, notamment américains. On peut maintenant se poser la question, combien de milliers de civils iraniens innocents vont payer de leur vie la folie furieuse de quelques vieux tordus au pouvoir, pour qui le bombardement aveugle et le meurtre de masse sont devenus une routine officielle?

Officiellement, l'une des raisons avancées par Poutine pour l'invasion et le bombardement quasi quotidien de tout le territoire ukrainien est la dénazification de ce pays, qui serait une question de sécurité nationale. L'ennui, c'est que si les Ukrainiens étaient vraiment des nazis (l'une des plus belles blagues de ce siècle), ils n'auraient pas cédé leurs armes nucléaires aux Russes, et ils ne passeraient pas leur temps à quémander de l'argent et des armes auprès de leurs pires ennemis historiques. Et ils n'auraient pas non plus attendu trois ans d'invasion et d'occupation de leur territoire pour répliquer et ne prendre au final qu'un tout petit bout de territoire russe. Ils auraient attaqué la Russie depuis belle lurette, de manière bien plus massive, comme ils l'ont fait en 1942... ce qui est évidemment impossible aujourd'hui, surtout après avoir cédé leurs armes nucléaires à la Russie en 1994. Même le pire nazi possible n'a pas de tendances suicidaires aussi extrêmes. L'autre raison avancée par Poutine est un soi-disant génocide perpétré par le régime « nazi » de Kiev à l'encontre des forces séparatistes pro-russes basées dans le Donbass, à l'est de l'Ukraine – un génocide qui ne lui aurait pas laissé d'autre choix qu'une intervention militaire. Il s'agit en fait d'une guerre civile déclenchée par Poutine lui-même et son annexion illégale de la Crimée en mars 2014, une guerre alimentée par ce même Poutine et ses livraisons régulières d'armes aux séparatistes pro-russes. Ce conflit, tout aussi inutile et meurtrier, aura fait plus de dix mille morts de 2014 à 2018, un bilan très largement surpassé par l'invasion finale de l'Ukraine, encore plus injustifiée, déclenchée par Poutine en février 2022.

Quant à Donald Trump, il multiplie les

coups de maître. En 2024, il est devenu le premier depuis Franklin Roosevelt à atteindre le dernier tour d'une élection présidentielle américaine trois fois de suite, alors que ce n'est à la base qu'un rentier multimilliardaire qui n'a jamais fait d'études socio-politiques. Malgré une tentative ratée de coup d'Etat consécutive à une élection perdue à la régulière, il a réussi à se faire réélire sur des fausses promesses (notamment la baisse des prix en magasin, l'arrêt ultra-rapide de la guerre en Ukraine et le non-déclenchement de guerres à l'étranger) mais, en même temps, sur une promesse folle qu'il a tenue – une hausse drastique des droits de douane appliquée au reste du monde, qui a inévitablement provoqué une flambée de ces mêmes prix en magasin aux Etats-Unis, et une guerre commerciale globale. Après avoir sans doute compris qu'il ne pouvait pas arrêter la guerre en Ukraine – et qu'il n'aurait donc pas le Prix Nobel de la Paix –, il vient d'en déclencher une autre, contre l'Iran (un allié historique de la Russie) en autorisant secrètement l'élimination par Israël du guide suprême iranien, sans prévenir personne, surtout pas le Congrès, le Sénat et la Chambre des Représentants, et encore moins l'ONU – ce faisant, il s'est de nouveau payé la fiole du monde entier par cette habile diversion, en faisant oublier l'affaire Epstein dans laquelle il est empêtré jusqu'aux yeux.

L'ennui, c'est que quelques semaines plus tôt, Trump avait plutôt habilement déboulonné le dictateur vénézuelien Nicolas Maduro, qui a été gentiment emmené en prison où il croupira vraisemblablement jusqu'à la fin de ses jours. Cette méthode ne peut apparemment pas s'appliquer à un dictateur en place au Proche ou au Moyen Orient. Au lieu donc de demander à la Cour Pénale Internationale de lancer un mandat d'arrêt contre l'Ayatollah Khamenei (mais c'est vrai qu'ils sont mal placés pour le faire, vu leur dédain envers cette institution et tous les crimes qu'ils commettent eux-mêmes, Benjamin Netanyahou fait même l'objet, depuis 2024, d'un mandat d'arrêt international qui n'a jamais été suivi d'effet) ou de l'arrêter eux-mêmes, les Américains et les Israéliens ont préféré l'éliminer, lui et sa clique, au moyen d'une frappe aérienne ultra-ciblée. Sans aider la population et l'opposition iraniennes et les forces armées kurdes à renverser le régime elles-mêmes par la suite, et en sachant très bien que ce même régime a une capacité de frappe quasi-équivalente et ne manquerait pas de riposter. Israël vient donc d'avoir recours à une de ses habituelles provocations violentes mais celle-ci pourrait être l'ultime, celle de trop car l'Iran n'est ni l'Irak, ni le Liban, ni la Syrie, ni la Jordanie, ni la Palestine. L'Iran n'est ni un régime totalement désarmé et incapable de se défendre militairement en cas d'agression, et encore moins un territoire dans lequel on peut entrer comme dans un moulin et faire ce qu'on veut. C'est un immense pays millénaire de 90 millions d'habitants et une puissance économique et militaire de taille, qui reste certes archaïque mais qui contrairement à l'Irak possède des armes lourdes qu'elle a développées dans un but dissuasif, pour éviter de subir le même sort que ses voisins à l'ouest.

Toute cette logique a en effet de quoi surprendre: en 2003, les Américains ont attaqué l'Irak sous le seul prétexte que ce pays détenait des armes lourdes de destruction massive, des armes que ces mêmes Américains lui avaient livrées une quinzaine d'années auparavant. Des armes dont Saddam Hussein s'était servi en totalité depuis et qu'il ne possédait donc plus, cela a été démontré par les Américains eux-mêmes – ironie du sort, Donald Trump en avait fait un argument de campagne contre son propre camp républicain, Jeb Bush en tête, lors de la course à la présidentielle américaine de 2016. Dans le même temps, pendant cette même course à la présidentielle américaine de 2016, la démocrate Hillary Clinton faisait campagne en promettant d'attaquer l'Iran si elle passait présidente – ironie du sort là aussi, Donald Trump s'était servi de cela pour dire qu'elle était folle et qu'elle cherchait à déclencher la Troisième Guerre mondiale. Aujourd'hui, le même Trump attaque l'Iran qui possède donc réellement de telles armes, certaines à très longue portée, et qui en plus, a développé pendant des années des hautes capacités nucléaires! Si tous ces messieurs veulent précipiter l'apocalypse, ils n'auront pas trouvé meilleur moyen.

Les pays occidentaux ont beau surpasser les pays du Proche et du Moyen-Orient en puissance économique et militaire, ils ne peuvent pas les frapper en plein cœur sans créer de la haine vengeresse – et, immanquablement, du terrorisme – et sans en subir les conséquences, à un moment ou un autre. Les attentats du 13 novembre 2015 à Paris sont le résultat de campagnes françaises systématiques de bombardements contre l'Etat Islamique (une création américaine) en Irak et en Syrie qui ont fait des centaines, voire des milliers de victimes collatérales dont on ne parle jamais. Ceux du 7 octobre 2023 en Israël sont la conséquence de plusieurs décennies de bombardements et de massacres incessants perpétrés par Israël au Liban, en Syrie et dans les territoires palestiniens occupés ou non. On ne peut que se réjouir de l'élimination de l'Ayatollah Khamenei, qui a opprimé son peuple pendant près de 50 ans sans aucune pitié, et dont le régime ultra-répressif a massacré des milliers de manifestants aussi pacifistes que désespérés en janvier 2026, sur deux jours seulement, après avoir coupé Internet et le téléphone. Mais cette nouvelle offensive militaire israélo-américaine en Iran, qui aurait pour soi-disant but premier de décapiter un régime tyrannique – qui se reconstituera de lui-même de toute manière –, se soldera obligatoirement par un bilan humain tout aussi désastreux, et sur le moyen et long terme, par l'émergence de factions et autres groupes armés et hostiles, voire terroristes, qui profiteront du chaos pour s'implanter et s'imposer, comme cela s'est produit en Irak. En préférant éliminer Khamenei – un vieillard de 86 ans qui avait déjà organisé toute sa succession – par une action ultra-violente mais rapide, Israël lui a gentiment donné une porte de sortie, en bon martyr, sans aucune douleur. En s'attaquant à ce pays – le seul capable d'alimenter la Russie en armes lourdes sur le front ukrainien – de cette manière, et en attendant tranquillement une réponse qui n'a pas tardé à venir, les Israéliens et les Américains ont franchi le cap de la dissuasion et (délibérément) déclenché une guerre inutile et illégale de plus, qui comme celles en Irak et en Ukraine était prévue pour durer deux ou trois jours mais qui est bien partie pour s'éterniser – ce qui est devenu une sale habitude –, car menée contre un adversaire mû d'abord par la haine vengeresse, qui vient de voir son vieux guide et dirigeant assassiné, qui traverse les guerres et vit sous divers embargos depuis plusieurs décennies, qui voit sa population civile payer un lourd tribut quotidien sous les bombes et qui, dans sa volonté de faire vivre son long calvaire à ses ennemis, aura donc intérêt à ne pas négocier une quelconque sortie rapide. Une guerre largement évitable qui pourrait provoquer l'embrasement de toute la région, voire du monde entier. Une triste perspective qui a l'air de plaire à beaucoup de monde, surtout en Occident, dont les intérêts économiques colossaux liés au pétrole iranien ne sont plus à présenter, et où les méthodes expéditives israéliennes font l'unanimité un peu partout, depuis toujours.

Le 2 mars 2026.

9 780956 558046